OSCURIDAD EN LA MONTAÑA

HOMBRES SALVAJES DE MONTAÑA - 1

VANESSA VALE

Derechos de Autor © 2021 por Vanessa Vale

Este trabajo es pura ficción. Los nombres, personajes, lugares e incidentes son producto de la imaginación de la autora y usados con fines ficticios. Cualquier semejanza con personas vivas o muertas, empresas y compañías, eventos o lugares es total coincidencia.

Todos los derechos reservados.

Ninguna parte de este libro deberá ser reproducido de ninguna forma o por ningún medio electrónico o mecánico, incluyendo sistemas de almacenamiento y retiro de información sin el consentimiento de la autora, a excepción del uso de citas breves en una revisión del libro.

Diseño de la Portada: Bridger Media

Imagen de la Portada: Hot Damn Stock; Deposit Photos: EpicStockMedia

¡RECIBE UN LIBRO GRATIS!

Únete a mi lista de correo electrónico para ser el primero en saber de las nuevas publicaciones, libros gratis, precios especiales y otros premios de la autora.

http://vanessavaleauthor.com/v/ed

1

Saqué el brazo de debajo de las sábanas y golpeé la parte superior de mi despertador para que se callara. Dios, era demasiado temprano. A pesar de que el sol se asomaba debajo de las persianas, quería acurrucarme por unas horas más. Quejándome, saqué las piernas y me senté. La boda de anoche había transcurrido sin problemas; al menos al novio y a la novia les había parecido así. Erin y yo pudimos desembriagar a tiempo al tío del novio con dos tazas de café para las fotos familiares. Nunca notaron que la mezcla de vegetales en las comidas no había sido una mezcla en absoluto, sino brócoli solo.

Aunque la pareja tuvo un día de bodas —y muy probablemente una noche— para recordar, el mío había sido menos emocionante. Para mi sábado salvaje por la noche, busqué el billete de lotería diario para mi madre de camino a casa, pateé la puerta principal con mis tacones y luego me caí en la cama como si fuera un árbol recién cortado y dormí hasta... la molesta alarma.

Teníamos un desayuno de trabajo con nuestro nuevo —y más importante— cliente, y todo este trabajo era la razón por la que regresé a Cutthroat, pero unas pocas horas extra de sueño no me habrían hecho daño.

No olía ningún café que estuviera preparándose, lo que significaba que Erin aún dormía. Ella había programado la reunión temprano, así que lo menos que podía haber hecho era levantarse primero y tener lista la inyección de cafeína.

Ya de mal humor, hice mi cama rápidamente y luego salí de mi habitación por el pasillo, tirando de mi camisa de dormir hacia abajo. Llegué hasta el sofá de la gran sala y luego me detuve. Miré fijamente. Parpadeé. No estaba del todo despierta; mi mente no estaba encendida en todos los sentidos, pero al ver a Erin tirada en el suelo, me puse totalmente alerta entre un latido y el siguiente.

—¡Erin! —grité arrodillándome delante de ella. Su cabello rubio estaba cubierto de sangre hasta la cabeza. Mucha sangre empapaba la alfombra. Sus ojos azules me miraban fijamente, vagos y vacíos—. Dios mío, Erin. ¡Despierta!

Racionalmente, sabía que estaba muerta. Sus ojos no se movían. Sus labios se tornaron grises. El costado de su cabeza... Dios, estaba fatal. Irracionalmente, la levanté sobre mi regazo, coloqué su cabello hacia atrás y seguí diciéndole que se despertara. Cuando me di cuenta de que me estaba manchando con sangre, me paré. Empecé a temblar, a mirar a mi alrededor para ver cómo Erin había terminado así. *Ayuda. Ella necesitaba ayuda.*

Con cuidado, la recosté en el suelo nuevamente, corrí a mi habitación y cogí mi móvil del cargador. Con dedos temblorosos, traté de deslizar la pantalla para tener acceso.

—Vamos —gimoteé, pero mis dedos cubiertos de sangre

no funcionaban. Los limpié con mis pantaloncillos de dormir y lo intenté de nuevo.

—911 ¿Cuál es su emergencia?

—Yo... mi amiga... está muerta. Oh, Dios. Tienes que enviar una ambulancia.

—Señora, ¿cuál es su dirección?

Se la dije, luego contesté todas las preguntas que me hizo con su eficiente voz. Me quedé en línea con la mujer hasta que escuché sirenas, luego colgué y corrí hacia afuera. La casa de Erin era una construcción hecha toda de madera y vidrio, con más habitaciones de las que necesitaba una persona. Se ubicaba en un enclave de casas de alto nivel, con lotes grandes y vistas increíbles, que harían un gran agujero en las cuentas bancarias de la mayoría de la gente, pero no en las de Erin. Ella era una Mills. Corrí descalza por el pasillo delantero para encontrarme con el camión de bomberos y la ambulancia que se había metido en el camino circular de ingreso y señalé hacia la casa.

—¿Estás herida? —preguntó uno de los paramédicos, mirándome mientras los otros entraban.

Negué con la cabeza.

—No es... no es mi sangre. Yo la encontré.

Le seguí hasta la casa, donde el otro paramédico y tres bomberos estaban parados en el gran salón de doble altura frente a la chimenea de piedra de río, pero no hacían nada para ayudar a Erin. Uno hablaba por un intercomunicador, aunque yo no prestaba atención a qué decía.

Miré a Erin en el sofá, justo como la había dejado. El servicio de emergencia no actuaba en nada porque sabía que estaba muerta. Se *veía* muerta, incluso con sus familiares pantalones negros de yoga y su camiseta blanca de tirantes, la camiseta manchada de sangre en el lado derecho.

—Señora, ¿puede decirme qué pasó aquí? —preguntó

un bombero, tomando en cuenta mi apariencia—. ¿Te metiste en una pelea?

Mi boca se abrió.

—¿Qué? No. Yo... me acabo de despertar. La encontré así. —Señalé a Erin.

—¿Por qué estás cubierta de sangre?

Me giré hacia la voz. No era ninguno de los de servicios de emergencias, sino otra persona. Alguien que conocía tan solo por el tono profundo de sus palabras.

—Nix —susurré.

El hombre que había protagonizado la mayor parte de mis fantasías nocturnas estaba parado delante de mí en todo su metro ochenta de gloria. Llevaba puestos unos vaqueros y una camisa con botones, también una preciada hebilla de cinturón de rodeo en la cintura. Una pistola de servicio colgaba dentro de una funda en su cadera, justo al lado de la placa, y justo al lado de ese... *bulto*.

Parpadeé y aparté la mirada. Dios, mi compañera de cuarto estaba muerta y yo me comía con los ojos el paquete de entre piernas de Nixon Knight. Pero era Nix. Todo en él era familiar, era como volver a casa, aunque no lo había visto en más de un año. A pesar de que él era una de las razones por las que me fui de Cutthroat. A pesar de que no tenía *ningún* interés en mí. El recuerdo hizo que mirara hacia otro lado con mis mejillas ruborizadas. No por haber sido atrapada, sino por la vergüenza del año pasado. Mi ilusión desperdiciada. Mi amor fuera de lugar.

—Kit —contestó acercándose, colocó su mano sobre mi hombro y se inclinó desde la cintura para que sus oscuros ojos se encontraran con los míos—. ¿No estás herida?

Su mirada era perspicaz, evaluadora, observando cada centímetro de mí.

—No. Toda esta sangre es de ella. —Levanté las manos y

las dejé caer—. Yo... fui a ayudarla, pero... pero no había nada que hacer. Llamé al 911.

Quería correr a sus brazos, que me abrazara fuerte y que hiciera desaparecer todas las cosas malas, pero no estaba aquí como amigo, ni siquiera como casi novio. Estaba trabajando. Yo era su trabajo.

—No sabía que habías vuelto a la ciudad —dijo.

Me mordí el labio y aparté la mirada de su escrutinio.

—Um... el mes pasado.

—¿Te estás quedando aquí con Erin?

—Sí. Estoy trabajando con ella en Mills Moments. —Parecía confundido—. Su negocio de planificación y organización de eventos.

—Oh. Claro.

—Estaba ahorrando algo de dinero para conseguir un lugar propio. Sin embargo, hemos estado muy ocupadas, organizando algunos eventos más pequeños, como la boda de anoche. La mayor parte de nuestro tiempo últimamente ha sido con un gran cliente, para ocuparnos de todo el catering, las fiestas y los eventos de marketing de una nueva película de Eddie Nickel. Íbamos a reunirnos con él esta mañana.

Eddie Nickel era una estrella de cine famosa, y tenía una casa en Cutthroat. Dos hijos. Shane era unos años mayor que yo y Amapola había estado en mi clase de la secundaria. Ambos crecieron aquí con una niñera mientras Eddie estaba en Hollywood o filmando.

—¿Un domingo?

Me encogí de hombros.

—Trabajan todos los días cuando están en la locación.

—Haré que alguien se ponga en contacto con él —respondió. Obviamente, no iba a ir a esa reunión. Erin tampoco. Tragué con fuerza, dándome cuenta de lo horrible que era todo. Las lágrimas amenazaban, pero las contuve.

Nix caminó hacia el cuerpo de Erin, pero no demasiado cerca, se agachó, miró todo. Sabía que estaba observando cosas que yo no podía ver.

Después de un minuto, se puso de pie y se volvió hacia mí.

—Cuéntame lo que pasó.

—No sé qué le pasó. Yo... estaba durmiendo y vine a hacer café. La encontré y luego llamé al 911.

—¿Dónde está tu dormitorio? —Miró alrededor del espacio. La cocina inmensa estaba abierta hacia la gran sala; una escalera curvilínea se situaba al lado de la chimenea.

Señalé al final del pasillo y a la parte de atrás de la casa.

—Detrás de la cocina. La habitación de Erin está arriba. El segundo piso es más o menos una suite grande principal.

Miró hacia donde le indiqué, luego me miró a mí.

—¿Por qué estás cubierta de sangre?

Me miré a mí misma, volteé las manos hacia arriba y vi cómo estaban completamente cubiertas; luego le dije cómo había sentado a Erin en mi regazo preguntándome cómo se había golpeado la cabeza, todo eso. No era mucho, pero los paramédicos escuchaban en silencio. Solo la voz de los intercomunicadores cortó el mutismo.

Me estremecí y crucé los brazos sobre mi pecho cuando me di cuenta de que estaba de pie frente a Nix y otros cinco hombres con una camiseta —sin sujetador— y con pantalones cortos de dormir. Miré hacia abajo, noté mis pezones sobresaliendo del algodón elastizado, pero luego vi toda la sangre sobre mí. El amarillo de la camiseta estaba teñido de rojo, mis manos estaban cubiertas, mis brazos embadurnados. Incluso había manchas en mis pantalones cortos con rayas azules y en mi muslo.

—¿Cuándo fue la última vez que la viste?

Levanté la vista de la sangre de mi mejor amiga.

—Anoche, en el Red Barn. En la boda que planeamos.

Era un lugar de recepción familiar que estaba fuera de la ciudad, en diez acres de tierra, un hermoso granero antiguo renovado que servía para una variedad de funciones.

—Me fui antes que Erin; dijo que tenía planes después —agregué.

—¿Cuáles eran?

Negué con la cabeza.

—No lo sé. No los compartió conmigo, pero supongo que con un chico.

—¿La puerta principal estaba abierta? —Inclinó su cabeza hacia la entrada actualmente abierta. La mañana estaba fresca, como todas las mañanas de verano en Montana, pero se calentaría cuando el sol subiera más alto.

Fruncí el ceño. Pensé.

—No. La abrí cuando escuché las sirenas.

—¿Estaba cerrada con llave?

—No. —Me estremecí de nuevo.

—Veo una alarma junto a la puerta. —Señaló el sistema de alta gama—. ¿No estaba activada?

—Erin nunca la colocaba, que yo sepa. No sé el código. ¿Puedo... puedo ir a buscar un suéter o algo? —La sangre de mis manos se había secado e hizo que la piel se sintiera ajustada.

—Iré contigo, pero el equipo de la escena del crimen necesita hacer su trabajo.

—¿Escena del crimen? —repetí.

Su ceja oscura se elevó.

—Ella no se tropezó, Kit. —Miró al cuerpo de Erin en el suelo—. Fue asesinada.

2

Kit Lancaster.

Dios, *Kit Lancaster*. Joder.

Aquí. En Cutthroat. Me preguntaba a dónde se había ido. No ido. Escapado. Literalmente se fue una medianoche, y yo no tenía ni jodida idea de por qué. Un día iba a venir a cenar, al siguiente se mudó a Billings. Ni una llamada. Ni un mensaje. Ni siquiera una maldita nota adhesiva.

No habíamos salido, ya que vernos para tomar un café y hablar del Baile de los Policías no contaba. ¿Y el beso? Un pico en su mejilla *definitivamente* tampoco contaba. Quería mucho más. Maldición, quería todo con ella. Esperaba que regresara a la ciudad porque ella fue quien se escapó. A quien todavía quería, incluso después de un año. Joder, ella era *la indicada*.

¿Y ahora? La mujer de mis sueños, de cada una de mis fantasías eróticas, estaba metida en un asesinato.

Ver muerta a Erin Mills en el suelo de su sala de estar la mañana de hoy fue impactante, pero al ver a Kit cubierta de sangre... maldición, envejecí diez años al verla así, pensando que había sido gravemente herida. Después se cubrió sus manos, sus antebrazos, incluso su ropa de dormir y sus piernas. Quería sujetarla, abrazarla, alejarla del horror con el que se había despertado. Pero era lo último que podía haber hecho. Yo era un detective y ella estaba... en una maldita tonelada de problemas.

Se encontraba cubierta de evidencia. Sin darse cuenta, manipuló una escena del crimen cuando fue a ayudar a Erin. Su ADN no solo se hallaba por toda la casa, porque se estaba quedando allí, sino por toda una mujer muerta que había sido brutalmente asesinada. Mi trabajo era averiguar qué había pasado y llevar a un criminal ante la justicia. Había un protocolo. Pasos a seguir. Uno de ellos era no abrazar a una testigo —un sospechoso potencial— y arruinar las evidencias.

Mierda. Ese encuentro ocurrió hace doce horas y todavía pensaba en ella.

Mi turno había terminado, pero estaba conduciendo hacia la oficina de Mills Moments. No me atreví a decirle a nadie que mi cabeza no se había concentrado en la víctima, sino en la compañera de cuarto. La compañera de trabajo.

Kit estaba hermosa de pie justo en medio de la sala, aun con sus ojos atormentados y con la oleada de adrenalina de pánico que la hacía temblar. Perfecta. Su cabello oscuro estaba despeinado por el sueño. Sin maquillaje en su cara redonda. Se veía como la chica de al lado perfecta con su diminuta ropa de dormir. Era muy sexy, excepto por la maldita sangre. Y el cadáver. *Eso* fue lo que evitó que mi pene se pusiera duro frente a los paramédicos.

Me acerqué a un semáforo en rojo y me moví en mi asiento.

Antes había sido protector con Kit, pero ¿ahora? ¿Alguien había intentado matar realmente a Erin Mills o el asesino estuvo ahí por Kit? ¿Erin se había metido en el camino? ¿Por qué Kit no escuchó nada? Tantas preguntas sin responder...

—¿Crees que ella estará allí? —me preguntó Donovan irrumpiendo en mis pensamientos. Lo tenía en el altavoz del coche para poner al día a mi amigo sobre el caso. Como fiscal de la Fiscalía, el caso iría en dirección a él. Eventualmente. Una vez que tuviéramos un arresto. Pero no preguntaba por Kit debido al caso. Era porque ella había regresado a la ciudad. Porque regresó en medio de un maldito desastre.

Después de dejar al equipo de la escena del crimen que hiciera su trabajo en la casa de los Mills, llamé a Donovan y le conté lo que había pasado. Le dije que Kit había vuelto y que estaba en medio de todo. Él no sabía que había regresado a Cutthroat porque me lo habría dicho. Ambos habíamos estado esperando volver a estar frente a Kit para tener la oportunidad de decirle lo que sentíamos y poder hacerla nuestra.

Eso es correcto. *Nuestra.*

Cambié mi luz intermitente y crucé hacia la Main Street. Para ser un domingo por la tarde en Cutthroat, la calle estaba concurrida, llena de turistas y ciudadanos disfrutando del clima espectacular. No había nada mejor que el verano en Montana, excepto cuando en el invierno los diamantes negros de Cutthroat Mountain tenían un polvo épico.

Pensé en la pregunta de Donovan. ¿Estaría Kit en la oficina de Mills Moments? De ninguna manera iría a casa de su madre. Por lo que sabía, la señora Lancaster no había salido de su casa en años. La vida familiar de Kit había sido un maldito desastre. Su padre se marchó cuando ella tenía seis años, lo cual le hizo mucho daño a su madre. La depresión y la ansiedad se convirtieron en ocultamiento extremo y agorafobia. Kit se había criado a ella misma y había cuidado de su madre.

—Por lo que Kit me dijo el año pasado, la entrega de comestibles y las compras en línea han ayudado a la madre con su rollo. Obviamente, lo de Erin es un callejón sin salida. —Suspiré y me froté la cara con una mano—. Maldición, no quise decirlo.

Donovan se rio.

—Podría estar en un hotel.

Negué con la cabeza a pesar de que no podía verme.

—Ya revisé los hoteles. No hay habitación a su nombre. —Esa era la ventaja de ser detective—. La oficina está a la izquierda.

Volteé mi parasol hacia abajo; el sol me cegaba mientras descendía en el cielo.

Con la ciudad ubicada entre parques nacionales y un sinfín de gente de campo que venía a Montana a disfrutar, Cutthroat era una ciudad popular. Nombrada inocentemente en honor a la trucha del río local que fluye a lo largo del lado este de la ciudad, puede que fuese pequeña, pero había crimen. ¿Qué ciudad no lo tenía? Había suficiente para mantenerme en la nómina. Y ocupado. El último asesinato fue en 1984 cuando una mujer mató a su esposo con una motosierra después de descubrir que la había engañado con una monja del convento de camino a Missoula. Este caso, sin embargo, era diferente.

Pediría las finanzas de Erin, los registros telefónicos, los datos de siempre. Descubrí que la oficina de Mills Moments estaba en el segundo piso de uno de los edificios históricos en el extremo este de la ciudad. Llena de tiendas lujosas y tiendas de accesorios destinadas a los hombres ricos que gustaban de actividades al aire libre, esa dirección significaba que el negocio de planificación y organización de eventos iba bien. Lo suficientemente bien como para que Erin necesitara una compañera como Kit.

Después de que los paramédicos llevaron a Kit al hospital —para asegurarse de que no estuviera herida y para catalogar su ropa y tomar muestras de ADN—, esperé a los investigadores de la escena del crimen y al forense. Me había llevado horas fotografiar el cuerpo, procesar todo, mecanografiar los informes, lidiar con mi jefe, con el periódico. La noticia del asesinato se difundía rápidamente, especialmente si se trataba de Erin Mills.

La autopsia tendría lugar mañana y la evidencia estaba siendo procesada. No había nada más que hacer esta noche. Excepto encontrar a Kit.

—Todo lo que sé es que la dejaron salir del hospital después de unas horas —agregué.

—Un oficial la llevó a su coche.

—Estaba viviendo con Erin, pero no puede quedarse allí porque es la escena de un crimen. Y con un asesino suelto, podría ser peligroso.

—Tengo un ayudante en la casa de Erin vigilando todo.

—Quieres decir vigilando a la familia Mills y tirando las cosas de Kit a la calle para que lo recoja la basura.

Cogí el volante hasta que mis nudillos se volvieron blancos.

—Eso también —prácticamente gruñí.

La familia Mills era una de las más ricas de la ciudad, con una casa que parecía una estación de esquí suiza que podía albergar a treinta personas. Se ubicaba en un acantilado con la mejor vista que el dinero podía comprar. Los Mills fueron miembros fundadores de la ciudad durante la fiebre de la plata. Además de la mansión gigante, tenían un rancho enorme en las afueras de la ciudad y algunos establecimientos en la Main Street... incluyendo la oficina de Erin. Un Mills había sido alcalde en los años ochenta. Diablos, la familia incluso había donado dinero para el ala de cáncer del hospital.

Yo fui a la escuela con el hermano mayor de Erin, Lucas, así que sabía que ambos hermanos tenían fondos fiduciarios de sus abuelos. Conociendo a Lucas, nadie pensaría que tenía dinero, ¿pero Erin? Su casa lujosa era algo que nunca podría permitirme pagar con el salario de detective, ni siquiera si me ganara la lotería. No era que aspirara a algo tan... grande y ostentoso.

Darle la noticia al señor y a la señora Mills de que su hija había sido asesinada —su cráneo golpeado por un premio al Voluntario del Año...— joder, fue espantoso. No solo estaban angustiados, sino que también estaban enfadados. Buscaban sangre. No tenía ninguna duda de que habían reunido a sus abogados y comenzado una investigación por su cuenta porque dudaban de mis habilidades. Nací en el mismo lado del camino que Kit. No importaba que tuviera un título en criminología o años de experiencia.

Tampoco tenía dudas de que, si encontraban al asesino antes que la policía, no dejarían que los tribunales decidieran sobre el caso. Harían justicia ellos mismos. Esto era Montana, después de todo.

Los comentarios de Keith y Ellen Mills el día de hoy, cuando les di las noticias, solo confirmaron lo que yo ya sabía. A ellos no les gustaba Kit Lancaster. Nunca les había gustado. Creían que no era lo suficientemente buena para ser amiga de su hija, una «mala influencia» debido a su madre loca. No dudaba que la condenaran por el crimen.

Donovan conocía a Kit por el mismo tiempo que yo. Desde la escuela secundaria. La había querido todo este tiempo también. Sí, éramos dos niños de doce años mirando a la chica linda con frenos. Amor total de cachorros. No habíamos hecho nada con ella en la escuela secundaria, no cuando nuestras hormonas se estaban volviendo locas y nos poníamos duros con solo verle su sonrisa. Ella no nos daba ni la hora. No era como que hubiese tenido tiempo. Iba a clases y trabajaba como mesera en el restaurante local para llegar a fin de mes, mientras lidiaba con la enfermedad mental de su madre. Después, fue a la universidad comunitaria local, pero Donovan y yo nos fuimos a la escuela estatal de Missoula. Luego supe que estuvo saliendo con el hermano de Erin, Lucas.

A diferencia de sus padres, él era un chico decente. No le importaba una mierda haber nacido con una cuchara de plata en la boca. No me preocupaba que él no fuera bueno para Kit, pero deseaba haber sido yo. Como me había ido a la universidad, no podía culpar a ninguno de los dos.

Sin embargo, se separaron cuando él se fue a la Guardia Nacional. Fue asignado. Cuando finalmente regresó, no se unió al imperio de bienes raíces de la familia como su padre quería. Hizo lo suyo y regresó a Cutthroat para dirigir una organización sin fines de lucro, usando su dinero para ayudar a otros, pero él y Kit no volvieron a estar juntos.

Yo regresé después de graduarme, conseguí un trabajo como policía, pero Donovan se quedó en la facultad de derecho. Solamente regresó después de pasar el examen de abogacía. Entonces, empezamos a pararnos en el restaurante para mirar a Kit. Íbamos juntos y por nuestra cuenta, nos sentábamos en su sección, le hablábamos.

Finalmente nos ella y yo conectamos trabajando juntos en el comité de planificación del Baile de la Policía. No me entusiasmaba la tarea, ya que un baile de cualquier tipo no era lo mío, pero se trataba de una recaudación de fondos, y el evento apoyaba a las familias de los oficiales que habían muerto o habían sido heridos cumpliendo con el deber. Con Donovan, habíamos logrado conocer a Kit, con la esperanza de que se le ocurriera la idea de que dos hombres la querían.

Hasta que huyó de la ciudad sin previo aviso.

Tal vez no debimos haber sido tan sutiles. O tan lentos.

Ahora estaba de vuelta y no iba a perder la oportunidad otra vez, ni siquiera con una maldita investigación de asesinato en medio de todo. Su madre no era un apoyo en absoluto. La única amiga que sabíamos que tenía en la ciudad estaba muerta. Para ser alguien tan jodidamente dulce, tenía enemigos en los Mills, y significaba que la gente de toda la ciudad la odiaría.

Kit nos necesitaba a los dos ahora. Y ya no lo íbamos a tomarlo con calma. Le íbamos a hacer saber cómo nos sentíamos. Esta noche. Ahora mismo.

Me metí en un aparcamiento, apagué el motor de mi camioneta policial y me froté los ojos.

—Hasta ahora, ella es la principal sospechosa.

—Si no es un crimen pasional, el siguiente en la lista de sospechosos habituales es la familia.

—Yo no le voy a decir a Keith o a Ellen Mills que son los principales sospechosos —le dije, casi temblando al pensar en ello—. Me despedirían por la mañana. Los investigaremos, pero dejaré que Miranski se ocupe de ellos tanto como sea posible. —La otra detective de la fuerza no había crecido en Cutthroat y no conocía a los implicados como yo. Podría lidiar con el asunto.

—Inteligente. No creerás que Kit lo hizo, ¿verdad?

Me insultó que me lo preguntara.

—Joder, no. Dudo que tuviera la fuerza para abollar un cráneo de esa manera.

El recuerdo del cráneo reventado de Erin se me quedaría grabado para siempre.

—Erin era casi medio metro más alta que Kit. A menos

que Erin estuviera sentada en el suelo o Kit parada en la mesa de café para golpearla, el ángulo no encaja.

Había estado en escenas de asesinatos antes, pero era difícil manejarlo objetivamente cuando se trataba de alguien que había conocido la mayor parte de mi vida. No había sido amigo de ella, pero al ser la hermana de Lucas, habíamos crecido todos juntos. Cutthroat era bastante pequeña.

—Tu trabajo es encontrar a alguien más.

Suspiré porque estaba diciendo lo obvio. Mi trabajo era encontrar y recoger evidencia, descubrir motivos y medios, y luego encontrar a un maldito asesino. Su trabajo era que fueran encontrados culpables y que pasaran el resto de su vida tras las rejas. El caso estaba en mis manos ahora, pero pronto —con suerte— estaría en las suyas. Él era quien tenía la presión de tener al alcalde como padre. Yo estaba contento de que mi padre fuera plomero.

Al bajar del vehículo, quité el altavoz del teléfono.

—Estoy llegando. Primero tengo que conseguir a nuestra chica, mantenerla a salvo. Estoy enfrente de su oficina ahora. —Miré hacia las ventanas del segundo piso— La luz está encendida.

—Te veré allí en unos minutos —dijo.

—Quiero poner un anillo en el dedo de Kit y meterla en mi cama. Tenerla entre nosotros. Por como luce esto... —Pasé mi mano libre por mi nuca— Tal vez tenga que ponerle las esposas y meterla en una celda.

—Como dijiste, jodidamente no. Ahora nos tiene a nosotros. Quiero ponerle las esposas y asegurarla a mi cama.

Absolutamente.

3

IT

Todos en Cutthroat habían escuchado hablar de Erin. Con veinte mil personas, era lo suficientemente grande como para no conocer a todo el mundo, pero todo el mundo conocía a Erin Mills, o al menos a la familia Mills. La noticia viajó como un incendio forestal en una sequía de verano. Todo el mundo intentaba conseguir la primicia o los chismes. De mi parte. No les importaba que fuera espantoso, que Erin fuera mi amiga, que le hubieran golpeado la cabeza.

Después de que me dieron de alta del hospital y me llevaron a mi coche —con las severas instrucciones de no salir de la ciudad hasta que el detective pudiera tomar mi declaración oficial— me fui a la oficina.

No tenía otro lugar a donde ir. Vivir con Erin era temporal. Quería ahorrar un poco de dinero, ya que casi cada centavo que tenía se destinaba a un depósito y al primer mes de alquiler. No tenía muchas cosas; la naturaleza acumuladora de mi madre me había enseñado a ser lo opuesto, a mantener solo lo que era vital. Tenía un televisor y un sofá, incluso una cama, pero estaban en un depósito hasta que encontrara mi propio lugar. Y no iba a suceder ahora, al menos no iba a encontrar nada medio decente o seguro.

—Está en todas las noticias. —Mamá estaba ansiosa y eso no era bueno. Su voz, usualmente nerviosa, tenía una cualidad estridente a través del teléfono.

—Sí, lo sé —respondí, caminando mientras la dejaba hablar. La llamé para decirle que estaba bien, que no se preocupara. Oh, estaba preocupada, pero no por mí.

—No creerás que vendrán aquí, ¿verdad?

Fruncí el ceño.

—¿Quién? ¿El asesino?

Jadeó. Mierda, no debí decirlo.

—No había pensado en eso. Estoy sola.

Puse los ojos en blanco. Estaba *intencionalmente* sola. Su enfermedad mental no le permitía nada más. Sus medicamentos estaban equilibrados, pero como un acróbata, una pizca de la dosis equivocada y estaría en problemas. Su acaparamiento había llegado a tal extremo que nadie siquiera intentaría hacerle daño, ya que apenas había forma de que alguien pudiera llegar a ella. No me preocupaba un lunático loco que quisiera romperle la cabeza. Me preocupaba el desastre.

—Estás a salvo. De verdad. Tuvo que ser alguien que conocía a Erin y tuvieron una pelea.

Era lo que yo esperaba.

—La policía no vendrá aquí, ¿verdad?

—No tienen motivo para hacerlo.

—Pero tú estabas allí, dijiste.

—Sí, estaba. —Me tumbé en el sofá y traté de impedir

que la imagen de Erin muerta en el suelo llenara mi mente —. Mamá, nada con respecto a ti ha cambiado, ni cambiará.

—¿Buscaste mi billete de lotería? ¿Qué hay de la factura de la electricidad?

Suspiré lo más silenciosamente que pude.

—Sí, ambas cosas. Tengo que irme. Hablaré contigo mañana. —Terminé la llamada y dejé caer el teléfono en el cojín a mi lado. Me pregunté cómo iba a pagar la factura mensual de la luz sin un trabajo.

Obviamente, no podía quedarme con mi madre. No había sido una opción después de la secundaria. Su ansiedad era demasiado grande para tenerme en la casa, y su manía de acaparamiento había enterrado mi habitación en la basura. No podía arriesgarme a alterarla. Si un asesinato no sacaba a relucir sus instintos maternales para dejar que me quedara en la casa, entonces nada lo haría.

Acercándome al escritorio, encontré una cinta para el cabello y recogí mi cabello en una cola de caballo, suspiré. Joder, ¿alguien me alquilaría algo? No me habían interrogado más que los pocos minutos con Nix en la casa, pero era reciente. Yo estaba al final del pasillo cuando la mataron. ¿Por qué no había escuchado nada?

En Urgencias me tomaron muestras de ADN. Tomaron fotos. Me examinaron para asegurarse de que no me había hecho daño debajo de toda la sangre; luego una enfermera amable me llevó a una ducha y me dio ropa limpia. Miré la camiseta blanca básica, las sudaderas y las sandalias. No era nada elegante, pero no tenían sangre.

El teléfono de la oficina había estado sonando todo el día. Al principio, me preocupaba que uno de nuestros eventos estuviera en problemas, pero rápidamente descubrí que todo el mundo, desde el peluquero de Erin hasta el del escritorio del periódico de la ciudad, estaba tratando de conseguir los detalles jugosos.

Después, dejé el teléfono descolgado y me puse a llorar. Estaba acostumbrada a estar sola, pero esto... Dios, era un nivel completamente nuevo.

Me quedaría aquí esta noche; el sofá de cuero era lo suficientemente cómodo —Erin no habría comprado algo que no fuera cómodo— y pensaría qué hacer con lo demás mañana. Tendría que salvar lo que quedaba de los eventos que teníamos planificados. *Si* la gente todavía quisiera trabajar con nosotras.

Con nosotras no. Conmigo.

Mierda. Erin estaba muerta. Era *su* empresa.

Salté en un pie cuando tocaron la puerta.

—Kit, es Nix.

Mi corazón dio un brinco y me levanté del sofá, giré la cerradura y le dejé entrar. Se veía igual que esta mañana, con su mirada todavía perspicaz y examinadora. Todavía guapo como era; alto, ancho y hermoso. Ahora tenía bigotes en su mandíbula cuadrada y me preguntaba si serían suaves o ásperos. Dios, ¿cómo se sentirían rozando mis muslos?

—¿Estás bien? —me preguntó, cerrando la puerta tras él. Me miró y probablemente notó que me veía como la mierda, pues había estado llorando. Al menos no estaba cubierta de sangre.

Me reí, en parte por pensar en él en mi entrepierna y en parte porque, después del día que había tenido, estaba todo *menos* bien. Suspiré.

—Mi amiga está muerta. No tengo dónde vivir. Mi cheque de pago está probablemente atado en la legalización de un testamento y definitivamente estoy despedida del trabajo. La única manera de que empeoren las cosas es si estás aquí para arrestarme.

Su mirada oscura sostuvo la mía, pero no dijo nada.

—Dios, estás aquí para arrestarme. —Me lamí los labios. Empecé a entrar en pánico. Mientras yo había estado pensando en él en mi entrepierna, él había estado planeando...

—No te voy a arrestar. Pero no te voy a mentir. Eres sospechosa actualmente.

Quería volver a llorar, pero me contuve. No.

—¿Estás aquí para llevarme a un interrogatorio? —Mi voz era pequeña, nerviosa. No tenía dinero para un abogado.

Negó con la cabeza.

—Mañana.

—¿Así que no hay pistas? ¿No hay un arma humeante?

—No. Ten. Te traje algo de tu ropa. —Reconocí mi pequeño bolso de viaje que me estaba ofreciendo—. Encontré esto en el suelo de tu armario. No estaba seguro de lo que necesitabas. Esto debería servirte hasta que la casa sea liberada y puedas recoger todo.

La idea de que husmeara en mi armario, Dios, en el cajón de mis bragas, hizo que me sonrojara. Esas manos grandes metiéndose en mi seda y encaje. Nada era elegante, siempre compraba en el estante de liquidación, pero me gustaban las bragas bonitas.

—Gracias.

—También estoy aquí para llevarte a casa.

—Puedo quedarme aquí. He dormido en el sofá antes. Es cómodo.

Su mirada inquisitiva apreció el espacio.

—No es una escena del crimen, pero estaremos aquí mañana trabajando en el caso.

Miré a mi alrededor.

—Oh. —Cierto. Por supuesto. Tenían que investigar todos los aspectos de la vida de Erin. Su ordenador estaba aquí. El papeleo. Probablemente no era bueno que me quedara aquí tampoco. Solo podría empeorar las cosas para mí. ¿Qué iba a hacer ahora?

Estirando las manos delante de mí, dije:

—No voy a ir a casa de mi madre. Hablé con ella y la calmé. Estaba preocupada de que, si me quedaba con ella, la gente llamaría o iría. No puede manejarlo. Recuerdas cómo es. —Lo minimicé un poco porque no necesitaba más lástima en lo que respecta a mamá. Asintió, pero no dijo nada—. Está peor ahora. Su mundo es una casa de cartas, o una casa de periódicos antiguos, compras en línea y habitaciones llenas de... cosas. Un pequeño cambio en su rutina y se desmorona. La he visitado varias veces desde que volví, pero no más de unos minutos porque exacerba su ansiedad. Nuestra única interacción ahora es que yo pague sus cuentas en línea y hablemos por teléfono.

Vi comprensión más que simpatía en sus ojos. La escuela había sido dura, los niños me molestaban porque tenía una madre loca y una casa de locos. Nix nunca se había burlado, ni una vez.

—No me refiero a la casa de tu madre. Vendrás a casa conmigo.

Lo miré fijamente con la boca abierta. Me habría sorprendido menos si hubiera dicho que me estaba arrestando.

—¿A casa... contigo?

Asintió.

Fruncí el ceño, luego me di vuelta, me acerqué a la ventana y miré hacia abajo a la Main Street. El mundo estaba pasando, sin problemas, disfrutando de la noche de verano, de los restaurantes y de las tiendas lindas. La idea de ir a casa con él... Dios, había sido una fantasía mía durante años. Pero no. *No.* Tenía que dejar de pensar en tonterías como esa o en él devorándome. Él no quería ir allí, ni conmigo ni con ninguna otra mujer. Tenía que haber una explicación mejor, una que tuviera sentido.

—Te preocupa que vaya a huir, ¿cierto?

Lo escuché suspirar.

—El asesino está ahí fuera. No quiero que estés aquí sola.

Giré tan rápido que el mundo se inclinó por un momento. Me encontré con la mirada oscura de Nix.

—¿Crees... crees que el asesino estaba detrás de *mí*? —Me puse una mano en el pecho. Mierda.

Él se encogió de hombros.

—No tenemos razones para creerlo, pero *estabas* allí. Demonios, tal vez fue a la casa equivocada. Hasta que sepamos más, quiero mantenerte a salvo.

Se acercó a mí, *demasiado cerca*, y metió un mechón de cabello suelto que había quedado fuera de mi cola de caballo detrás de mi oreja. Un simple gesto, pero no uno que un detective tiene con un sospechoso.

La idea de que Nix me mantuviera a salvo era tan atractiva que prácticamente la anhelaba. No quería pasar por esto sola. Lo haría, siempre lo había hecho. Había cuidado de mi madre en lugar de que fuera al revés. Todavía lo hacía. ¿Pero que Nix me ayudara? ¿Me abrazara? Dios, ¿que me mantuviera a salvo y se llevara estos problemas?

—A salvo —repetí.

No. No iba a pasar. Nix arreglaba las cosas. Resolvía problemas. Ese era su trabajo. Como detective, *yo* era su trabajo. Yo no quería serlo. No quería *solo* eso. Quería más de él. Mucho más. Me había enamorado de él en la secundaria, prácticamente babeaba por él cada vez que volvía a casa de la universidad. Habíamos salido un par de veces a hablar del Baile de la Policía. A cenar. A tomar café. Nunca me llevó a su casa, nunca hicimos nada en un coche. Un beso en la mejilla en la puerta de mi apartamento fue lo más lejos que habíamos llegado, pero le había dado mi corazón, aunque él nunca lo supo. Amor no correspondido, al menos amor por mi parte.

Pero supe la verdad, supe que nunca me había querido. No era su tipo y me dolió. Dolió hasta el hueso. Y me impulsó a irme de la ciudad.

Aunque apreciaba su preocupación —dudaba que invitara a todos los sospechosos a quedarse en su casa— no podía aceptar. Mi corazón no podría soportarlo. Un año en otro lugar debería haber aplacado mis sentimientos por él, pero no. Maldición, no. Todavía quería esas manos grandes sobre mí. Quería sentir el juego de esos músculos fuertes bajo mis manos. Me preguntaba cómo se sentirían esos labios sobre los míos, en otros lugares.

Pura fantasía y ya debería haberlo superado. No me quería a mí. No me quería a mí —ni a ninguna otra mujer— en lo absoluto. Esperaba que el año que pasó arreglara mis emociones, pero no.

Sacando mi mente de mis pensamientos, dije:

—Estoy bien aquí. —Extendí mi brazo señalando al sofá. La riqueza de Erin mostraba la forma en que había decorado la oficina. Elegante y casual, todo en tonos cremas y de un rosado suave. Vidrio moderno intercalado en las paredes viejas de ladrillo y vigas de madera a la vista. Incluso tenía un carrito de bebidas en la esquina. De alto nivel, igual que Erin.

—Kit —dijo en un suspiro, tratando de alcanzarme de nuevo, pero debió de haber visto algo en mi rostro—. Esa no es la única razón por la que te quiero en mi casa. Yo...

—¿Cómo está Donovan? —le pregunté, dando un paso atrás, cortándolo.

Frunció el ceño, claramente sorprendido por la pregunta.

—Está bien.

Donovan Nash era el otro hombre que había tocado cada uno de mis puntos calientes. Lo opuesto a Nix. Rubio, moldeado como un tanque. Igual de ardiente. Y agradable.

Y divertido. Y... muchas «y». Se había unido a nosotros en varias ocasiones para planear el baile, pero no había salido nada de ahí, por mucho que yo lo quisiera. Estaba loca por codiciar a dos hombres. En retrospectiva, era evidente y obvio por qué. El recuerdo me hizo sentir realmente estúpida. Tonta, por pensar que no solo un chico ardiente podría estar interesado en mí, sino dos.

—No puedo dejar que te quedes aquí. —Nunca lo había visto mirarme así antes. Como si fuera oscuro y depredador. Posesivo.

Aun así, estaba fuera de lugar y fue como un cuchillo para mis entrañas.

—Sé que te gusta proteger a la gente.

—Quiero protegerte a *ti* —dijo cortándome—. Pensé... pensé que teníamos algo en marcha. Antes.

—¿Antes de irme de la ciudad? —pregunté, empezando a molestarme. Estaba jugando conmigo.

—¿Por qué te fuiste, Kit? —me preguntó.

Como si no lo supiera.

Mis ojos se ensancharon y mi boca se abrió.

—¿Hablas en serio? ¿Me lo estás preguntando *ahora*?

—Volviste hace cinco semanas y la primera vez que me entero... la primera vez que te veo fue esta mañana cubierta con la sangre de tu amiga.

—Como dije, ¿ahora? —Estaba cansada, asustada, aterrorizada y todo eso se convirtió en frustración y enfado.

—Pensé que éramos amigos. —Se pasó una mano por la nuca—. Pensé que éramos más que amigos.

La puerta de la oficina se abrió y me sobresalté. Sí, asustada. Nix se giró y sacó el brazo, como si me protegiera de quienquiera que fuera.

Donovan metió la cabeza en la oficina, sonriendo. Mi corazón dio un brinco. Esa sonrisa derretidora de bragas no había cambiado desde la última vez que lo vi, un recordatorio instantáneo de por qué me fui de la ciudad y de que tampoco lo había superado a él.

Me gustaban los dos hombres. Todavía. Loca. ¡Insensata! Una de las cosas en las que había pensado durante el año en que estuve fuera. ¿Por qué querría a *dos* hombres? ¿Por qué querría a dos hombres que no me querían? ¿Y que se querían el uno al otro?

—Kitty Kat —dijo, entrando en la habitación y tirando de mí para abrazarme. Se sentía duro... en todas partes. Caliente. Cómodo. Dios, su olor. Pensé que lo había olvidado, pero no. Quedó grabado en mi mente. Y el apodo que tenía para mí. Nada había desaparecido.

—Nix dijo que habías vuelto, pero Jesús, mujer, cuando regresas, no eres sutil.

No sonrió cuando lo dijo. Por supuesto, él sabía lo que había pasado. Trabajar en la oficina del fiscal le daba acceso directo a lo que Nix y su equipo descubrían.

—Lo siento por Erin —murmuró mirándome.

Sin duda se dio cuenta de que había estado llorando. Llevaba la ropa del hospital y parecía un desastre. Ni siquiera había podido hacer algo más que peinarme el cabello después de la ducha del hospital.

—Maldición, es horrible.

Dio un paso atrás, se paró junto a Nix. Los dos —¡*jadeé*!— juntos. Uno moreno, el otro rubio. Uno serio, el otro... juguetón. Nix tenía unos centímetros de altura más que Donovan, pero Donovan tenía el peso y la complexión de un jugador de fútbol americano universitario. Ambos eran dueños de mi corazón e iban a salir por la puerta, ir a la casa que compartían y dejarme fuera del medio. No me querían allí, no me necesitaban. Se tenían el uno al otro.

Inclinó la cabeza hacia Nix.

—Se enterará de lo que pasó.

—Lo sé. —Lo sabía. Nix descubriría la verdad,

encontraría al asesino—. ¿Qué estás haciendo aquí? —le dije. Una cosa era que el detective de un caso apareciera e interrogara a un sospechoso, pero ¿el fiscal?—. Oh, Dios, ¿necesito un abogado?

Miré a Nix.

—¿Qué? —preguntó Donovan con una pequeña arruga que se marcaba en su frente—. Joder, no. Estoy aquí con Nix para llevarte a casa. Vámonos.

—¿Vámonos?

—Vas a venir a casa con nosotros —añadió Donovan, repitiendo exactamente lo que había dicho Nix antes de que él llegara. Así que estaban viviendo juntos ahora. *Genial*.

Sí, *nunca* iba a pasar. No podía quedarme debajo del mismo techo que ellos dos. Mi corazón no podría soportarlo.

—No está de acuerdo —le dijo Nix.

—¿Por qué demonios no? Hay un asesino allá afuera. Maldición, tan solo pensar en ti durmiendo al otro lado del pasillo mientras que él... —Las manos de Donovan se apretaron en puños, pero no terminó la oración. Puede que fuera un abogado, pero no era suave.

En ningún lado.

—Le estaba preguntando por qué se fue de la ciudad —dijo Nix.

—Esto no es un interrogatorio —contesté.

—Creo que nos merecemos una respuesta.

—Sí, Kitty Kat, ¿por qué te fuiste? —Dios, cuando Donovan me llamaba así...

No podía mirarlos. Eran demasiado perfectos. Demasiado para que mi corazón pudiera soportarlo. Este día había sido horrible. Mi vida era una pesadilla. No podía mejorar ni un poco al compartir la verdad con estos dos. No los tenía. Ellos no eran míos y nunca lo serían. Decirlo en voz alta no cambiaría nada. Ellos se irían, yo me acomodaría en el sofá durante la noche. Finalmente, quizás, los olvidaría.

—Bien. —Me giré, puse las manos sobre mi escritorio y miré fijamente la superficie brillante—. Me fui por vosotros dos.

—¿Por nosotros? —preguntó Nix con sus cejas oscuras elevándose—. Debiste haberte *quedado* por nosotros.

Las lágrimas llenaron mis ojos y negué con la cabeza.

—No podía quedarme en la ciudad. Fui una estúpida.

—¿Por querernos a nosotros? —preguntó Nix.

—¿A los dos? —añadió Donovan, sonando extrañamente esperanzado con respecto a eso.

Asentí y me volví para mirarlos. Levanté mi barbilla y los miré a los ojos.

—Los quería a los dos, pero vosotros no me queríais a mí. No me necesitáis. Os tenéis el uno al otro.

Se miraron a sí mismos, luego a mí.

—¿De qué demonios estás hablando? —preguntó Nix.

—¿Quieres que lo diga por vosotros?

Donovan se puso las manos en las caderas. Aunque trabajaba en la oficina de la Fiscalía, no llevaba un traje, en su lugar tenía pantalones azul marino y una camisa de botones. No era un vaquero, pero definitivamente tampoco un chico de la ciudad.

—Sí.

—Estáis enamorados el uno del otro, no de mí —grité.

4

ONOVAN

¿Qué demonios?

¿Kit pensaba que éramos gays? ¿Pensó que Nix y yo estábamos *juntos*?

La miré fijamente.

Nix la miró fijamente.

Hablaba en serio. De todas las posibilidades que se me pudieron haber ocurrido, esta nunca, *jamás*, pasó por mi mente.

—Kitty Kat, no sé si debería darte unos azotes o besarte —dije finalmente.

Era tan jodidamente hermosa. Siempre había sido un pequeño paquete, ni siquiera me llegaba a los hombros. Sin embargo, tenía curvas. Muchas. Incluso con sus pantalones de chándal monótonos y camiseta blanca dos tallas más grandes —lo que no ocultaba el hecho de que no llevaba sujetador— era perfecta. Desde las uñas de sus pies rosadas hasta su cabello salvaje y cada centímetro suave en el medio. Y eran esos centímetros tersos con los que fantaseaba mientras me masturbaba. Durante años.

Sus ojos de color chocolate estaban enrojecidos por el llanto, pero podía ver en ellos la honestidad, la verdad detrás de sus palabras. Kit nos quería, pero de alguna manera, de alguna jodida manera, tuvo la idea de que Nix y yo estábamos juntos y no atraídos por ella.

Las palabras no iban a funcionar aquí.

—A la mierda —dije, acercándome a ella, tomando su rostro en mis manos y besándola. Este no sería un puto beso de hermano. Oh, no. La devoré, me tragué su jadeo, reclamé esa boca caliente y dulce como mía. Ya no había forma de que pensara que éramos gays.

Nix gruñó un sonido animal con el que podía identificarme. Levanté la cabeza, retrocedí y vi a Kit balancearse. Sus ojos estaban cerrados; sus labios rojos y brillantes. Nix me quitó de en medio y la besó a continuación. Ver a mi mejor amigo con Kit no me dio celos. Me puso duro. Mi polla podría golpear clavos. Ella había sido nuestra durante tanto tiempo y ahora finalmente podíamos probarla.

Ya no había confusión. La había deseado tanto tiempo, que esto iba más allá de la frustración sexual. Solo estaba *frustrado*. Un malentendido de proporciones jodidamente épicas había llevado a Kit a un estado diferente. Peor aún, había estado de vuelta en Cutthroat durante cinco semanas. Cinco malditas semanas y ni Nix ni yo lo sabíamos. Más tiempo perdido.

Y ahora... joder, ¿ahora estaba involucrada en un asesinato? Era la sospechosa principal porque no tenía coartada. Estaba cubierta de la sangre de Erin. Su ADN estaba por todo el cuerpo. Nix me lo había informado, pero no necesitaba los detalles para saber que era inocente. ¿Cuál sería su motivo? ¿Dinero? ¿Kit quería a Erin muerta para hacerse cargo del negocio por sí misma? ¿Erin la había convertido en beneficiaria en su testamento? ¿Un seguro de vida? Erin tenía veinticinco años, no setenta y cinco. Si hubiera habido una irregularidad en cualquiera de estas preguntas, sin duda mi oficina ya lo habría escuchado y puesto a Kit tras las rejas.

Pero no supe nada de la familia Mills. Nada de mi jefe, que sin duda jugaba golf con Keith Mills. Como fiscal, mi trabajo era ver que el asesino fuera puesto tras las rejas. Con pruebas. Motivos. Medios. El trabajo de Nix era encontrarlo todo; el mío hacer que un jurado lo creyera sin la menor duda.

¿Involucrarse con la principal sospechosa de una investigación de asesinato? No era un paso inteligente. Desde que mi mamá fue atropellada y asesinada por un conductor ebrio —desde que el tío se bajó con un golpe en la muñeca y unos cuantos puntos en su licencia— mi misión era ver que los malos recibieran la justicia que se merecían. Todo lo que hice desde entonces era para ver que sucediera. No traería a mi madre de vuelta, pero podría dar a otros la paz mental y la capacidad de dormir por la noche que yo no tenía.

Además de todo, mi padre se moriría si supiera que me estaba metiendo en este rollo con Kit Lancaster. Como alcalde, probablemente estaría tirándose del cuello de su camisa, preocupado porque no encontraran al asesino de Cutthroat. No estaría bien para los votantes. Oh, pero le encantaba tener un hijo en la oficina del fiscal de distrito —para él, nuestros dos trabajos eran como mantequilla de maní y gelatina para mantener a salvo la ciudad—, no uno que se follara a la principal sospechosa.

A pesar de que la llamaran así, Kit era inocente. Por supuesto, si estuviera en juicio, estar con ella sería un desastre, no solo para el caso, sino para mi trabajo. El equipo de defensa citaría cualquier cosa, desde un conflicto de intereses hasta la manipulación de la acusada. El caso sería desestimado. Me despedirían. Diablos, probablemente sería inhabilitado.

Pero Kit *era inocente*. No era una chica fácil. Demonios, no. Era Kit Lancaster. Me iba a casar con esta mujer. No era una asesina. Ella era *mía*. *Nuestra*.

No sería arrestada. No iría a juicio. No había conflicto de intereses. Nix probaría que no estaba involucrada, que era inocente. Sucedería. ¿Esta noche? Me iba a asegurar de que Kit se corriera. En mi polla. En mi lengua. Toda la noche.

Cuando Nix dio un paso atrás, se inclinó, la levantó y se la puso al hombro. Maldición, sí.

—¡Nix! —grité mientras le golpeaba la espalda y una de sus sandalias caía, pero él no se detuvo, la sacó de la oficina y la llevó por el pasillo—. Tu camioneta —me dijo mientras se dirigía hacia las escaleras, sin esperar—. Y no olvides su bolso.

Sonriendo, cogí las llaves de Kit, el bolso y la sandalia, apagué las luces, cerré la puerta y luego los seguí, moviendo mi polla dentro de mis pantalones para poder caminar cómodamente.

No dijimos nada de camino a la casa de Nix, que estaba más cerca que la mía. No estaba seguro de cuánto tiempo podría durar con el aroma suave de Kit llenando la cabina. Kit parecía aturdida por los besos y permanecía en silencio por la verdad detrás de ellos. Me puse más duro pensando en cómo reaccionaría cuando hiciéramos algo más que besarla.

La casa de Nix era un lugar antiguo que necesitaba unos arreglos, a pocas cuadras de la Main, afortunadamente a no más de dos kilómetros de la oficina de planificación de eventos. Había comprado la propiedad unos años antes y la había estado restaurando en su tiempo libre. El dormitorio de invitados no tenía paredes por el momento, lo cual estaba bien porque no teníamos intención de usarlo. Estaríamos con Kit en la cama de Nix.

Nix abrió la puerta de su casa y tomé la mano de Kit, la llevé al sofá y la traje a mi regazo.

—Donovan —suspiró, tratando de moverse.

La mantuve quieta con mi mano en su vientre; mis dedos se deslizaron debajo de la camiseta, presionando la piel sedosa. Era suave en todos lados, cálida. Pequeña, pero con un tamaño perfecto.

—Kitty Kat, sigue moviendo el trasero así y no hablaremos.

Fue entonces cuando sintió mi polla que presionaba su cadera, dura, gruesa y lista para follar, y se quedó inmóvil.

Yo la quería a ella. La quería desnuda y debajo de mí. Sobre mí. Entre Nix y yo. Pero primero quería respuestas. Ella pensó que Nix y yo estábamos juntos, lo cual significaba que necesitábamos aclarar algunas cosas.

Nix cogió una silla y la deslizó para que ubicarse justo delante de nosotros. Se sentó. Una de sus rodillas golpeó el muslo de Kit. La encerró para que no pudiera volver a huir.

—Explícate.

La observé tragar, miré desde su regazo hacia mí, luego a Nix. Además de besarla hace un rato, nunca antes habíamos estado tan cerca. Sus ojos eran oscuros, pero de color chocolate. Las pecas llenaban su nariz, sus mejillas estaban enrojecidas y sus labios... Recordaba exactamente cómo se sentían. Su cabello, generalmente largo e impecable, estaba un poco salvaje. También lo estaban sus emociones. Las mías también.

—Antes de irme, me invitaste a trabajar para el baile de la policía.

Nix asintió.

—Lo recuerdo. A principios de diciembre. Estuvimos juntos en el comité.

—Yo... me sentía atraída por ti. —Un rubor subió por sus mejillas—. Mucho. Por los dos, en realidad.

Escucharla decirlo hizo que mi pene palpitara.

—Kitty Kat —gruñí.

—Por eso me ofrecí como voluntaria, una razón para estar con vosotros. Nos habíamos visto antes para tomar un café y otras cosas, pero tú me invitaste a venir... aquí. —Apartó lejos de su rostro un mechón de pelo que se le había escapado de su desordenada cola de caballo; su codo golpeó mi pecho—. Dios, yo era un desastre. Estaba tan nerviosa. Iba a deciros cómo me sentía, que estaba loca porque me atraían los dos. Quiero decir, loca por dos chicos. Un día llegué aquí, fui a la puerta y cuando estaba a punto de tocar os vi a través de la ventana.

Inclinó la cabeza hacia la ventana a la derecha de la puerta principal.

Nix frunció el ceño.

—¿Qué viste?

Me miró entornando esas pestañas oscuras. Una pizca de dolor. Vergüenza.

—Saliste de la habitación de Nix con una toalla.

Lo recordé. Nix me había llamado, me dijo que Kit iba a venir. Sería la noche para decirle cómo nos sentíamos. Esperábamos que ella sintiera lo mismo. Pero nunca vino, y nunca la volvimos a ver. Hasta ahora.

—Lo recuerdo —le contesté—. Ayudé a alguien con una rueda pinchada en el camino ese día. El clima estaba caluroso y la nieve se había derretido un poco. Fue descuidado. Para cuando terminé, estaba sucio y mojado. Tenía suciedad y grasa por todas partes y en mi ropa. Me duché para limpiarme.

—Mi baño de huéspedes fue destruido en la remodelación —agregó Nix—. Usó el principal.

—Pero yo te vi —me dijo—. Le dijiste algo a Nix. No podía oír, obviamente, ya que las ventanas estaban cerradas, pero los dos estaban sonriendo. Y luego tú... tú...

—¿Yo qué? —le pregunté, viéndola sonrojarse ampliamente.

—Estabas duro. Incluso desde el porche, no pude evitar ver debajo de la toalla.

Sonreí.

—Soy grande, Kitty Kat.

Puso los ojos en blanco y sonrió un poco.

—Estaba duro por ti. Por decirte finalmente cómo me sentía.

—Cómo *nos* sentíamos —aclaró Nix.

Suspiré.

—Estoy seguro de que estábamos hablando de cómo íbamos a desnudarte y a meterte en la cama. Quién de nosotros iba a comerte la vulva primero. —Moviendo mis caderas, la presioné con mi miembro—. ¿Ves? Solo hablar de ello hace que me ponga aún más duro.

—Pero después... después entrasteis al dormitorio juntos —agregó—. ¿Qué se suponía que debía pensar?

—¿Que le saqué un par de pantalones cortos de entrenar y una camiseta de mi pila de ropa limpia? —preguntó Nix.

Pude ver su mente empezando a trabajar, a dudar de lo que creía.

—Además, estaba la mesa.

—¿La mesa? —preguntó Nix.

Ella lo miró, señaló hacia la mesa del comedor.

—Vino. Platos elegantes. Como una cita.

—Exactamente. Tres puestos —dije exhalando, había puesto la mesa yo mismo antes de meterme en la ducha.

—¡Me invitaste a comer chili! —le gritó a Nix, saliéndose de mi regazo.

Dejé que se levantara y que caminara. Se estaba dando cuenta de que el error nos había costado mucho a todos. Sentí su frustración porque era igual a la mía.

—¡Y había velas! Con Donovan en una toalla y con una gran erección, creí que estabais juntos.

Noté cómo pudo llegar a tal conclusión.

—Pensé que ibais a revelarme vuestro secreto, el hecho de que estabais... juntos. En cierto modo, estaba feliz por vosotros, que os tuvierais el uno al otro, que estuvierais *juntos*, pero triste porque lo había malinterpretado todo. Me fui porque me sentía como una tonta, pero también para daros espacio para que hicierais lo vuestro.

Miré a Nix con indignación.

—Te lo dije, idiota. Chili no es lo que le sirves a la mujer que quieres conquistar.

Nix apretó los dientes. Se tomó un momento antes de hablar.

—Donovan me dijo que el estúpido chili no era lo suficientemente bueno para nuestra primera seudo cita contigo. Me obligó a apagar las velas que mi madre insistió que tuviera en la casa. Donovan trajo comida de ese lugar italiano que te gusta.

Miró entre nosotros.

—Entonces no sois... no sois... no sois gays.

Sonreí, feliz de ver lo aliviada que estaba con la idea, porque ahora sabíamos —por sus propios labios— que se sentía atraída por los dos. Todavía.

—El único momento en que me voy a desnudar con Nix es si tú estás entre nosotros.

Su boca se abrió y nos miró a los dos. Sorprendida. Feliz. O algo.

—¿No fueron esos besos de antes suficientes pruebas?

—le pregunté. Habíamos hablado. Habíamos aclarado la situación. Era hora de pasar a actividades más placenteras. Mi pene estaba azul desde la noche que mencionó hace más de un año. Yo la quería entonces. La quería ahora.

Ella sonrió, jodidamente hermosa, y negó con la cabeza.

—No. Creo que necesito más.

Me acerqué, la cogí, la tiré de nuevo en mi regazo y cada una de sus rodillas se asentó a cada lado de mis caderas, así que quedó sentada a horcajadas sobre mí.

—Eso se puede arreglar. ¿Cierto, Nix?

Era mi turno de tomarla y cargarla. Esta vez a la habitación de Nix. A su cama. Nada nos iba a impedir hacerla nuestra ahora.

5

IT

Envolví mis piernas alrededor de la cintura de Donovan, cruzando los tobillos.

Dios, no estaban enamorados el uno del otro. No eran pareja. Estuve equivocada. Tan equivocada aquella noche de invierno. Pero lo que había visto… parecía como si fuese una pareja. Quizás fueron mis propias inseguridades las que me hicieron huir. Pude haber tocado la puerta y preguntar. Podría haberlos felicitado por su relación. Cualquier cosa que les hubiera dado un momento para aclarar las cosas.

Pero no. No sucedió. Perdimos un año. ¡Dios, yo me había mudado!

No podía pensarlo ahora. Estábamos juntos. Aquí. Y era en lo que podía concentrarme, lo cual era fácil cuando me encontraba en los brazos de Donovan. Dios, se sentía bien. Tan fuerte, tan varonil en comparación conmigo. Tenía músculos duros donde yo era blanda.

Se detuvo frente a la cama de Nix. Nix nos siguió y tocó el interruptor de la luz. La lámpara al lado de la cama se encendió y la habitación se iluminó con un suave resplandor.

—Te queremos a ti, Kitty Kat.

Sus manos se posaron debajo de mi trasero, sosteniéndome. Mis tobillos apenas se cruzaban detrás de su espalda de tan ancho que era. Tuve que inclinar la cabeza hacia atrás para mirarlo y ver el calor en sus ojos. La necesidad. El *deseo*.

—Entiendo —susurré mirando a Nix por encima de su hombro. Los dos estaban aquí conmigo como en un sueño hecho realidad. Definitivamente, cada una de mis fantasías.

—¿Lo entiendes?

Asentí, aunque quizás no demasiado convincentemente. Había estado con Lucas Mills y otro chico de la universidad, pero fue todo. No tenía mucha experiencia y ciertamente nunca había estado con dos chicos al mismo tiempo. Aunque era lo que quería, sin duda estaba entrando a un nuevo territorio cuando se trataba de sexo.

Bajó la cabeza y me besó. Dios, el beso de antes había sido feroz. Embriagante. Este fue gentil; casi un roce de sus labios sobre los míos. Pero sentí su calor, la fuerte presión de su polla en mi coño, sus manos sobre mi trasero, sujetándolo fuerte. Me cargó como si no pesara nada y me besó como si le diera vida.

Gruñó.

—Esa noche te íbamos a decir cómo nos sentíamos. Queríamos que supieras que eras todo para nosotros.

Nix se movió para ponerse de pie a mi lado. Mientras Donovan me cargaba, Nix acarició mi cabello.

—Es cierto. Te queríamos entonces y te queremos ahora.

Sonreí, enrollando mis caderas. Puede que no fuera una experta, pero eso no me hacía menos ansiosa. No era tímida con respecto a mi sexualidad, simplemente no había tenido demasiadas oportunidades de practicarla.

—Lo sé, puedo sentir lo mucho que me desea Donovan.

Aunque no era virgen, casi era virgen otra vez porque había pasado mucho tiempo. ¿Podría manejarlos a los dos? Tenía la sensación de que eran grandes *en todos lados*.

Nix negó con la cabeza y su mirada dirigiéndose a mi boca.

—Para siempre. Esto no es un rollo de una noche. No es algo casual.

—Te tomaremos esta noche y serás nuestra —afirmó Donovan—. No hay vuelta atrás.

Mi corazón prácticamente latía afuera de mi pecho. *¿No hay vuelta atrás?*

—Quieres decir...

—Para toda la vida, Kit —agregó Nix.

—Oh, Dios mío —suspiré—. Sí.

La mano de Nix se deslizó por mi cabello y tiró suavemente de su longitud, inclinando mi cabeza hacia atrás. La inclinó para poder besarme. Su lengua encontró la mía, tomó mi boca como si supiera que su pene tomaría mi vagina.

Donovan gruñó y Nix dio un paso atrás. Me bajó a la cama, se inclinó y puso una mano al lado de mi cabeza. La comisura de su boca se inclinó hacia arriba mientras su mirada recorría mi rostro.

—No puedo creer que estés aquí, con nosotros —murmuró como si estuviera asombrado—. Joder, te queríamos en la cama así esa noche. Ahora te tenemos.

Asentí y me mordí el labio. Levantando mi mano, cubrí la parte de atrás de su cabeza y sentí la suavidad sedosa de su cabello. Sus ojos se cerraron, como si el más simple de los toques lo complaciera. En ese momento me sentí poderosa.

—¿Sí? —preguntó, quizás para asegurarse de que estaba bien con él, con los dos, por última vez.

—Sí, Donovan. —Volví la cabeza hacia Nix, que estaba de pie junto a la cama, vigilante y expectante—. Sí, Nix. Quiero esto. Os quiero a los dos. Os he querido durante años.

Como si esas palabras fueran todo lo que lo detenía, los dedos de Donovan se curvaron en la parte superior de mis pantalones y luego los deslizó por mis muslos.

—Oh, joder —murmuró Nix cuando vio que no llevaba ropa interior. Solo llevaba puestos los pantaloncillos de dormir y la camiseta sin mangas esta mañana, y luego en el hospital me dieron esta ropa, pero ni bragas ni sujetador. Aunque Nix me había traído una bolsa con mi ropa, no me habían dado la oportunidad de cambiarme.

—Kitty Kat —gruñó Donovan y me miró desde el pie de la cama. Los pantalones estaban en el suelo y sus manos en mis tobillos. Su agarre era suave, pero cuando intenté cerrar las piernas, no lo permitió—. Si hubiera sabido que tu vagina estaba desnuda, me habría descargado en la oficina.

Sonreí ante la situación, pero también estaba avergonzada. No era alta, delgada y con senos grandes como los de Erin. Era bajita, curvilínea y tenía una talla B decente. El único ejercicio que hacía era de la variedad libre, o sea caminaba. Y nunca dejaba pasar una dona que no me gustara. Cuando mi espalda estuviera en la cama de Nix, ¿yo sería suficiente?

—Quiero besar esa boca —comenzó Donovan—. Pero ahora... joder. Tengo otras cosas que besar primero.

Fruncí el ceño, pero jadeé cuando cayó de rodillas y tiró de mis tobillos hasta llevarlos a sus hombros.

—Oh, Dios mío.

Levantando la cabeza lo suficiente, miré a Donovan entre mis muslos separados. *Justo ahí*. Me miró con sus ojos azules más oscuros de lo normal. Tenía la mandíbula apretada y sus manos calientes, pero firmes en la cara interna de mis muslos.

—Quiero esto... pero Erin. Con todo lo que ha pasado, ¿esto está bien? —pregunté, prácticamente jadeando—. Quiero decir, ella está muerta y nosotros estamos...

Nix puso su mano sobre la cama, lo que hizo que se hundiera, se acercó y me acarició el cabello con los dedos. Parecía que era algo que *realmente* le gustaba hacer. Incliné mi mejilla hacia la palma de su mano.

—Ahora es el momento exacto. Solo demuestra cuánto tiempo hemos perdido. Y no podemos desperdiciarlo más. Por lo importante que eres, queremos que te sientas viva.

Asentí y se inclinó para besarme. Cuando abrí los ojos, me estaba estudiando con su rostro demasiado cerca. Erin habría sido la primera en animarme para que tuviera una noche salvaje con dos chicos ardientes.

—Sí —susurré mientras sentía los pulgares de Donovan haciendo círculos en la cara interna de mis muslos.

Nix se alejó y asintió a Donovan.

Donovan no dijo nada, solo puso su boca en mi vulva como quería. Me *besó* justo sobre mi clítoris. Luego lo lamió, deslizándose hacia mi entrada y regresándose.

—¿A qué sabe? —preguntó Nix.

Parpadeé y observé mientras se quitaba la camisa. No pude evitar sentir la presión fuerte de su polla mientras se inclinaba hacia la derecha de la hebilla de su cinturón. Gruesa y larga, parecía una pipa en sus vaqueros. Mis caderas se menearon mientras Donovan me lamía de nuevo, distrayéndome. De alguna manera, aplanó y reafirmó su lengua de modo que raspaba cada centímetro sensible de mí. Mis caderas se inclinaron hacia él queriendo eso de nuevo. Por siempre.

—Como al puto cielo.

Mis ojos se cerraron. Había tenido a un chico allí antes, pero nunca había sido así. Demonios, ese necesitó un mapa para encontrar mi clítoris. Donovan, sin embargo, sabía lo que estaba haciendo y parecía deleitarse en ello. No era una tarea para él, era como si mi coño fuera un festín y hubiera estado ayunando. Ya estaba a punto de correrme. Cuando deslizó un dedo, luego dos, dentro de mí y los dobló de alguna manera mágica, grité. Me aferré a su cabeza. Apreté los muslos en sus orejas.

—Donovan —jadeé. Supliqué.

Debió de haberlo interpretado como más fuerte. Más rápido. A añade otro dedo, porque hizo todo eso. Me corrí en un grito. Mi espalda se arqueó. Mis dedos se enterraron en su cabello y tiraron de él. Mi cabeza se inclinó hacia atrás. Nunca me había corrido tan duro en mi vida y cuando el placer se desvaneció y suavizó sus acciones, caí en la cama. Una sonrisa se extendió por mi rostro.

—Me gusta ver a nuestra chica de esa manera —dijo Nix.

Tuve suficiente energía para inclinar la cabeza y mirar a Donovan. Se estaba limpiando la boca con el dorso de la mano y tenía una sonrisa astuta en su rostro. Sí, estaba orgulloso de sí mismo. Debería estarlo. Con habilidades como esa...

—La dejé suave y lista para ti —le dijo Donovan a Nix, luego besó mi pantorrilla y se puso de pie.

Parpadeé hacia Nix, que le arrojó algo a Donovan. Un condón. Tenía otra cosa en la mano, pero no le presté mucha atención. ¿Cómo iba a hacerlo si él estaba desnudo?

Guau. Me di vuelta para no caerme de la cama y me levanté para mirarlo. Sabía que estaba en buena forma, pero parecía salido de la portada de una revista de fitness. Bíceps abultados, hombros anchos. Un poco de vello oscuro en su pecho, que se estrechaba sobre sus abdominales planos y se convertía en una delgada línea que se dirigía directamente a su polla. ¡Y qué polla! Me lamí los labios al verlo mientras se ponía un condón. Larga y gruesa, era un tono más oscuro que el resto de su cuerpo. Salía de los rizos oscuros y casi le llegaba al ombligo. Mi vagina se apretó de deseo, ¿pero me cabría toda?

Sus muslos gruesos se flexionaron cuando se movió sobre la cama, luego se acercó y me tomó para acomodarse sobre su espalda conmigo sobre él. Su piel estaba caliente y suave, pero los músculos duros de abajo me recordaban lo varonil que era. Y la forma en que su polla presionaba mi muslo, cuán viril.

Yo estaba no solo lista, estaba loca de lujuria, ansiosa. Un orgasmo provocado con la lengua era un calentamiento. Quería más y fui a por ello. Sentada sobre sus muslos, empecé a frotarme sobre Nix mientras lo besaba. Su mano se movió hacia mi cabello y me mantuvo en el lugar. Se hizo cargo lamiéndome la boca mientras nos giramos. Solo cuando estuve gimoteando y retorciéndome, movió la cabeza hacia abajo y encontró un pezón para lamerlo y chuparlo. El tirón rítmico fue directo a mi clítoris.

—¡Nix! —grité, tratando de mover mis caderas para poder meter su polla dentro de mí. Levantando la cabeza, me miró con una sonrisa sexy.

—¿Tienes una vagina codiciosa?

Asentí, me acerqué y sujeté su pene. Apenas podía cerrar los dedos a su alrededor. Siseó un poco y se puso rígido.

—Joder, Kit.

—Ahora —susurré, moviendo mis caderas para que se hundiera dentro de mí, lo suficiente como para provocarnos a los dos.

Gruñó, se movió hacia adelante.

—Oh, demonios.

Era grande y tomarlo era difícil, pero estaba tan mojada que pudo empujar hacia delante, tirar hacia atrás, poco a poco, hasta que estuvo dentro de mí por completo. Sentí que sus pelotas me golpeaban el trasero.

Exhalé y relajé mis manos que habían estado presionando su pecho.

Me besó de nuevo mientras empezaba a follarme con embestidas profundas que golpeaban mi clítoris cada vez. No podía conseguir suficiente aire y giré la cabeza hacia un lado. Grité su nombre.

Parpadeé y vi a Donovan junto a la cama, observándonos mientras se masturbaba.

En ese momento, me había olvidado de él. Saber que observaba cómo me follaba su amigo me puso más húmeda. Nix me mordió el cuello cuando la sintió. Esto era tan sucio y obsceno, ser follada por dos hombres. Pero no eran dos hombres cualquiera. Eran Nix y Donovan. Ellos nunca me harían daño. Se encargarían de mí. Harían que todas mis preocupaciones desaparecieran. Me atraparían cuando me cayera.

Y eso me empujó al límite, saber que podía dejarme llevar y ellos estarían allí, vigilándome y manteniéndome a salvo. Me corrí jadeando, tirando de mis rodillas hacia atrás para poder tomar más de Nix. Mis paredes internas se apretaron sobre él. Gimió y me folló más fuerte, volviéndose salvaje en sus movimientos hasta que me embistió fuerte una última vez, se introdujo profundamente y se corrió.

Su aliento ventiló mi cuello; nuestros cuerpos quedaron bañados de sudor. Era tan bueno que me hormigueaban los dedos. Había pensado en estar con Nix cuando mi vibrador me masturbaba, pero no era nada como esto. Ni siquiera cerca. Y ni siquiera había terminado.

Nix se acercó entre nosotros, cogió la base del condón mientras se retiraba y se sentó sobre sus talones.

—Juder, eres perfecta, Kit. —Sonrió con ojos saciados y felices.

Le sonreí tímidamente. Mi vagina palpitaba, casi me dolía por la penetración. Pero estaba lista para más.

—¿Cómo la quieres, Donovan?

—De manos y rodillas, Kitty Kat. Mira hacia el baño para que cuando Nix salga, pueda ver cómo te follo.

Nix se levantó de la cama y me guiñó un ojo antes de ir a desechar el condón. Me giré y miré a Donovan mientras me movía como él quería. Lo comparé con Nix.

Donovan era más grande. En todas partes. Simplemente era un hombre más grande. Grande como en el fútbol americano. Piernas como troncos de árboles. El torso como un barril. La polla como un tercer brazo.

—¿Te gusta lo que ves? —preguntó, acariciándose nuevamente.

Asentí y me lamí los labios.

—Maldición, Kitty Kat. Puedes chupármela en otro momento. Ya probé esa preciosa vagina. Es hora de follarla.

Ya en la cama, giré la cabeza para ver cómo se movía. Arrodillado detrás de mí, su mano se deslizó a lo largo de mi espalda.

—¿Estás mojada para mí?

—Sí —susurré, mientras deslizaba un dedo por mis pliegues.

—¿Dolorida?

Negué con la cabeza.

—¿Lista para más polla?

Meneé las caderas.

—Por favor, Donovan,

Cogiendo la base, deslizó la cabeza por encima.

—Por favor, ¿qué?

—Por favor, dame más polla. ¡Ahhhh!

No esperó y se deslizó dentro de mí con una embestida

lenta. Donde Nix había sido grande, Donovan era más grueso y me estiraba por demás. Donde Nix había sido un poco salvaje, Donovan era controlado. Completamente opuestos a sus personalidades.

Una mano grande se posó sobre mi hombro cuando comenzó a montarme, impidiendo que me moviera en la cama. Su otra mano me tomó el pecho y jugó con el pezón.

Así fue como Nix me vio cuando salió de su baño. Siendo follada por detrás y montada con fuerza.

—Mierda, estoy duro otra vez —dijo.

Lo estaba. Su pene crecía mientras yo lo miraba. Mis dedos apretaron la sábana cuando Donovan me arrancaba el placer, lo suficientemente lento como para que fuese casi una tortura. Quizás se movía con cuidado por su tamaño, pero era muy bueno. Empujé hacia atrás mientras me penetraba para que tuviera tanto de él dentro de mí como fuera posible. Nunca antes me había corrido tres veces, pero estaba lista para hacerlo de nuevo. Nunca había estado tan ansiosa. Tan… caliente.

—Nix, ven aquí —dije, mi voz sonaba tan poco parecida a mí, toda sofocada y suspirante.

Nix vino y me acerqué a él, sujeté su polla y lo atraje más. No se resistió ni un poquito. Estaba en la posición correcta para que lo lamiese y luego lo llevase a mi boca. Tenía un sabor limpio y suave en mi lengua. Pero estaba lo suficientemente duro y grande como para dudar que pudiera tomar todo de él.

—Kit —gimió.

Era atrevida. Nunca antes estuve así. Salvaje. Apasionada de tener a un hombre follándome mientras se la chupaba a otro. Estos dos lograban eso de mí; sacaban un lado que nunca había conocido. No se estaban quejando. De hecho, les gustaba. Yo les gustaba de esta manera y eso me ponía aun más caliente.

Chupé a Nix lo mejor que pude mientras Donovan me follaba. Los tres juntos, dándonos placer el uno al otro. Ninguno de nosotros duró mucho, porque era demasiado bueno. Nix, que se había corrido hace poco tiempo, se corrió primero; su esencia salada cubrió mi lengua. Se salió y yo me corrí; el placer fue como una ola, llevándome hacia abajo. Eso terminó con Donovan, quien tiró de mí hacia arriba y hacia atrás para que me presionase contra él, montando sus muslos.

—Kitty Kat —suspiró en mi oído mientras lo sentía llenar el condón.

Debí de haberme desmayado en sus brazos porque vagamente recordaba una toalla entre mis muslos y una manta cubriéndome. Un cuerpo duro sobre el que recostarme. Solo sabía que estaba contenta. Saciada.

6

 IX

Me quedé despierto pensando en el caso. Kit se había acurrucado en mi costado, con su brazo sobre mi vientre y una pierna sobre la mía. Estaba duro, otra vez, pero ignoré mi estado lo mejor que pude. Me había corrido dos veces y, aunque mis pelotas deberían estar vacías, la quería de nuevo. No creía que esta necesidad fuera a detenerse alguna vez.

Ahora Kit estaba en mis brazos. Su aroma llenaba el aire junto con el sabor del sexo. Y notarlo me puso más duro. Ella había sido salvaje. Apasionada. Traviesa. Justo como lo esperaba. Era tan reservada que mantenía sus emociones encerradas todo el tiempo. No la culpaba, no por la forma en que era su madre. La mujer podía alterarse por cualquier cosa. Por noticias. Por el clima. Demonios, aun por el cartero cuando le tocaba la puerta. Kit había aprendido a ocultar todo tipo de emociones intensas. Demasiada emoción o demasiada preocupación podría destruir la vida perfectamente equilibrada de la señora Lancaster. Así era como Kit lo había mencionado, y tenía sentido.

Sin embargo, fue difícil para Kit. Ninguna niña debería tener que ser madre de una madre. Ningún estudiante de secundaria debería tener que trabajar a tiempo completo para llegar a fin de mes. No debería ser una madre para su propia madre. Pero lo era.

Se había ocupado sola durante demasiado tiempo. Pero ahora nos tenía a nosotros. Donovan y yo estábamos en esto con ella. Cuando dijimos que no había vuelta atrás, lo dijimos en serio. Pero necesitaríamos una maldita cama más grande.

Aunque la mía era de tamaño grande, Donovan era enorme para que los tres pudiéramos caber cómodamente. Kit estaba prácticamente sobre mí, pero necesitábamos espacio. De todas formas, era fácil de arreglar. Nos mudaríamos a un lugar donde pudiésemos estar los tres.

Difícil era la situación del maldito asesinato de Erin Mills. ¿Cómo iba a manejar una investigación y una relación con una de las sospechosas? Tendría que ser un secreto, por supuesto. No importaría una vez que Kit que se aclarara el caso, pero hasta entonces... teníamos que tener cuidado.

Kit se movió y murmuró. Le acaricié la cadera con la mano que estaba rodeándola, pero no se acomodó.

—No —gritó, luego se sentó y jadeó.

Al hacerlo, me dio un codazo en la entrepierna. Afortunadamente, incliné mi muslo, lo que evitó que me golpeara el pene.

Se sentó allí, jadeando. Incluso en la oscuridad, podía verla parpadear, tratando de despejar la pesadilla. Tratando de averiguar dónde estaba.

—Kit, shh, está bien. Estás aquí con nosotros. Estás a salvo.

Oscuridad en la montaña

Donovan se agitó y se apoyó sobre su codo en el otro lado de la cama.

—¿Una pesadilla? —murmuró.

El cuerpo de Kit se veía glorioso con el suave resplandor de la luz de la luna. La sábana estaba en su cintura y sus senos se levantaban mientras intentaba recuperar el aliento. Sus pezones eran círculos oscuros, suaves y tentadores. Sí, estaba jodidamente duro.

—Dios, tuve una pesadilla —dijo, apartándose el cabello con una mano temblorosa—. Todo lo que podía ver era a Erin. Muerta en el suelo. —Se miró las manos—. Todavía puedo sentir la sangre.

Me senté, pasé una mano por arriba y debajo de su brazo, tratando de calmarla, tratando de poner su mente en el aquí y ahora.

—Estás a salvo.

—Pero Erin...

—Lo sé. Es mi trabajo averiguar qué le pasó.

Asintió y se giró para mirarme.

—Está bien.

—Mi trabajo es cuidar de ti.

Lo dije en serio.

—Así es, Kitty Kat —dijo Donovan. Su mano le acarició la espalda desnuda. Ambos la estábamos tocando, ambos le hacíamos saber que estábamos aquí con ella.

—Ya no estás sola.

Se tumbó sobre mi pecho y metió su cara en mi hombro.

—Abrázame.

Demonios, sí. La envolví con mis brazos, tomé su cabeza con el dorso de mi mano, tomé su trasero con la otra, manteniéndola lo más cerca posible de mí.

Suspiró y la sentí relajarse en mis brazos. Pero luego se movió y mi polla quedó justo en su entrada. Joder, su calor en la punta hizo que me dolieran las pelotas. Ella también estaba mojada, cubriéndome.

—Por favor, Nix. —Se movió en mis brazos, empujándose hacia abajo. ¿Quién era yo para negarme a una mujer que necesitaba de mi polla?

Gruñí y dejé que mis manos vagaran mientras se acomodaba sobre mí, así que la llené por completo.

—Kit —gemí, luego de alguna manera me acordé—. El condón.

—Estoy tomando la píldora. No quiero... no necesito nada entre nosotros. —Levantó la barbilla y me miró en la oscuridad—. Hazme olvidar.

Esa frase fue todo lo que hizo falta. Puse mis manos sobre sus caderas, la ayudé a levantarse y bajar mientras me sumergía dentro de ella. La sensación de ella, sin nada, me tenía a punto de correrme y apenas se había movido. Estaba tan caliente, tan mojada. La sensación de tomarla sin barrera de látex... era la cosa más dulce del mundo. Se sentó, puso sus manos en mi pecho y empezó a montarme. Su cabeza cayó hacia atrás, su cabello largo haciéndome cosquillas en los muslos.

Donovan se movió para poder estar cerca de ella, tomó y jugó con sus senos mientras ella encontraba su placer en mí. Olvidó todo menos la sensación de estar siendo poseída, protegida.

De no estar sola.

—Esto está sucediendo tan rápido —dijo mientras hacía círculos con sus caderas.

—¿Rápido? —le contesté. El sudor me llenaba la frente —. Kit, esto entre nosotros tres, ha estado sucediendo durante años. Tan solo es intenso. Nunca antes había sido así. Nunca.

Se quedó inmóvil, con mi polla enterrada

profundamente dentro mientras me miraba a mí, luego a Donovan.

—Lo sé.

—Siempre estaremos aquí para ti —dijo él tirando de su pezón, lo cual la hizo olvidar todo y montarme como la vaquera más perfecta hasta que se corrió por toda mi polla. Hasta que la llené con mi semen. Sí, ya no había vuelta atrás. Era jodidamente mía.

KIT

Me agité cuando Donovan me besó la frente. Sonreí, me acurruqué en las sábanas y abrí los ojos.

—Hola —murmuró—. No quería despertarte, pero quería despedirme.

Llevándome la sábana a la boca, le dije:

—No te acerques. Tengo un aliento matutino espantoso.

Sonrió.

—Nada tuyo es espantoso.

Puse los ojos en blanco, pero no bajé la sábana.

—Tengo que ir a la oficina.

Miré hacia el otro lado de la cama —vacía— y luego a Donovan.

—¿Dónde está Nix? —Respiré el aroma del café y de la loción picante para después de afeitar de Donovan. Definitivamente algo a lo que me podía acostumbrar.

—Se fue temprano. Estabas casi inconsciente.

—Vosotros me agotáis.

Realmente lo hacían. Estaba relajada de una manera que solo varios orgasmos podían lograr. También estaba un poco dolorida. Decir que eran amantes vigorosos y minuciosos era quedarme corta. ¿Y dos hombres? Mi cuerpo había sido totalmente saqueado. Estaba agotada y la pesadilla no había ayudado en absoluto.

Sonrió y dio un paso atrás.

—Si no salgo de aquí, volveré a la cama contigo.

Sí, por favor.

—Tengo que ir a mi apartamento, ducharme y prepararme para el trabajo.

Fue entonces cuando me di cuenta de que estaba vestido con la ropa de la noche anterior. Había asumido —hasta ayer en la noche— que Donovan y Nix vivían juntos.

—Tu coche está en la entrada. Fuimos y lo trajimos de tu oficina.

—¿Fuiste a buscarlo por mí?

Se encogió de hombros.

—Supuse que lo necesitarías.

Todo el recuerdo volvió rápidamente y mi sonrisa se desvaneció. Los buenos sentimientos se desvanecieron. ¿Cómo podría haberlo olvidado?

Erin estaba muerta.

Me levanté de la cama, me apoyé en las almohadas sobre el cabecero de la cama, tiré de la sábana y me cubrí bien. Una amiga asesinada y los momentos sexys no iban juntos.

Mis ojos se sentían ásperos tras la falta de sueño y los froté. Necesitaba café y pronto.

—Llamaré a Nix para saber cuándo quiere que dé mi declaración.

—Me dijo que te dijera a las nueve.

Miré el reloj de la cabecera de la cama. Siete y cuarenta y cinco.

—Está bien.

—Ten cuidado.

Me acordé del cuerpo sangriento de Erin.

—¿Debería preocuparme?

Suspiró.

—El asesino está ahí fuera.

No necesitaba ese recordatorio.

—No tienes idea de lo ferozmente protector que soy contigo, pero esta situación es un desastre. Finalmente te tenemos... aquí —Tiró de la sábana suavemente—. Y Nix está afuera tratando de sacar tu nombre de la lista de sospechosos.

—¿Está preocupado por su trabajo? ¿Cómo le afectará estar conmigo?

—Está preocupado por *ti*.

—¿Y tú? —pregunté.

Sonrió.

—Kitty Kat. —No dijo nada más sobre el tema. —No podemos llamarte porque tus registros telefónicos están siendo revisados. Aunque no me avergüenzo de nosotros, no necesito arruinar la investigación. Me pondré en contacto contigo más tarde.

Me guiñó un ojo y se fue.

Arruinar la investigación.

Yo no tenía nada que ver con el asesinato de Erin, pero estaba enredada en él. Estar con Nix y Donovan podría perjudicar no solo la investigación, sino también sus carreras. Follarse a una sospechosa probablemente no era una buena idea. Si me absolvían, ¿entonces estaría bien que estuviéramos juntos? No conocía los matices de la ley, pero sabía que eran ellos quienes ponían sus carreras en juego. Yo no. Yo no tenía carrera.

Me levanté de la cama; mi felicidad anterior por estar en la cama de Nix casi desaparecía. Estando sola, la realidad regresó.

Encontré mi bolso de viaje en el baño. Me duché usando el jabón y el champú que olían a Nix, y me recompuse. Nix me había empacado pantalones y dos camisas, sandalias, cepillo de dientes y otro de pelo. No había incluido maquillaje ni productos para el cabello, así que, aunque estaba vestida, definitivamente estaba casual.

En cuanto a la ropa interior, había encontrado las bragas de seda más sexy y delgadas y el sujetador a juego. Sabiendo lo que Nix sentía por mí, lo que le gustaba hacerme, solo hizo que mi vagina se apretara deseándolo.

Después de hacer la cama de Nix, me senté a la mesa de su cocina mientras me servía mi primera taza de café —alguien había dejado una cafetera llena para mí— y llamé a Eddie Nickel, quien respondió en el segundo timbre.

—Hola, señor Nickel, soy Kit Lancaster. —Intenté sonar brillante y alegre.

—¡Kit! Me encontraste en un descanso entre rodajes.

Parecía muy optimista a primera hora de la mañana. Yo estaba terminando mi primera dosis de cafeína, pero parecía que él estaba tomando la quinta.

—«Eddie» ¿recuerdas? Nadie me llama señor Nickel.

Estaba siendo casual. Demasiado casual para mi gusto, pero tenía la sensación de que así eran las estrellas de Hollywood. Todo el mundo le conocía, por lo tanto, todo el mundo era un amigo. En sus cuarenta años, no había llegado a la categoría de hombre mayor para las películas, pues los hombres no envejecían, *maduraban*. Era guapo, increíblemente guapo y lo sabía. Las mujeres acudían a él en masa, lo que le dio la validación que claramente anhelaba. Yo nunca me había derretido por él. No era mi tipo. Erin era —había sido— amiga de su hija, Amapola. Habíamos ido juntas a la escuela.

Amapola me caía bien. En cuanto a Shane, iba un año por delante en la escuela, pero nuestros caminos no se cruzaban tanto. Ambos eran muy amables y equilibrados, considerando el ego de su padre y que estuviera rodando una película más tiempo de lo que permanecía en la casa, pero aprendí lo suficientemente pronto a estar asqueada de los padres ricos. El dinero puede comprar casi cualquier cosa, excepto el amor y hace padres a los que les importa todo una mierda.

—Correcto. —Mezclé mi café con una cuchara, aunque no lo necesitaba—. Estoy segura de que has oído las noticias.

—Un detective me notificó ayer por la mañana. Horrible.

Mi mente se centró en el momento cuando encontré a Erin muerta en el suelo. Me detuve, tragué, me compuse.

—Obviamente, nos perdimos nuestra reunión contigo —dije—. Sé que el rodaje de tu película seguirá a pesar de lo que le pasó a Erin.

—Sí, tenemos una fecha límite para terminar el rodaje aquí en Cutthroat en tres semanas.

—Claro, por tal motivo te llamaba. ¿Quisieras que nos reuniéramos más tarde para hablar de la fiesta de fin de rodaje?

—Kit, Kit, Kit. —Su voz sonaba como si estuviera regañando—. No podemos trabajar contigo ahora. Quiero decir, habría mala prensa. La organizadora de eventos de la película fue asesinada. A eso es a lo que se aferrará la prensa sensacionalista, no a la película en sí.

Puse el codo sobre la mesa y apoyé la frente en mi mano.
—Pero...

—Has hecho un gran trabajo, pero mi asistente ha encontrado a alguien más.

Él no tenía ni idea del tipo de trabajo que habíamos hecho. Todo había sido entre bastidores, planeando un lugar, catering, una banda, para la fiesta. Él estaba lleno de mierda. Y no iba a cambiar de opinión. Conocía a los de su clase. Rico, egocéntrico, desconsiderado. Sentí pena por Amapola.

—Espero que averigüen qué le pasó a Erin. Buena chica.

Me colgó. ¿Buena chica?

Grité. Fuerte. Me puse de pie. Caminé. Traté de arrancarme el cabello.

La productora de Eddie Nickel había sido el cliente más grande de Mills Moments. Nuestra mayor fuente de ingresos, que habría durado casi un año en eventos y proyectos para la película que estaban filmando ahora. Esperábamos que nos tuvieran en cuenta también para el trabajo futuro. Este trabajo era la razón por la que había vuelto a Cutthroat.

¿Pero ahora? Solo quedaba otro cliente y una fiesta de bebé programada para el próximo mes. Busqué el número de la anfitrión y me presenté cuando contestó.

—Tengo las invitaciones listas para ir a la oficina de correos.

—Puedes dejarlas, Kit, yo me encargaré.

Se me cayó el estómago y las lágrimas se acumularon en mi garganta. Me tomé un segundo y traté de mantener mi voz calmada.

—¿Estás segura? Ese es nuestro trabajo.

—¿Nuestro? —contestó—. Tu compañera está muerta... fue *asesinada* y tú sigues como si nunca hubiera sucedido.

Negué con la cabeza, pero ella no podía verlo.

—No, no, no es así. Erin querría asegurarse de que las necesidades de sus clientes fueran satisfechas, de que sus eventos se desarrollasen sin problemas.

—Así será —dijo ella—. Deja la caja de invitaciones en mi porche. Hasta ahora se te ha pagado por el trabajo.

Ella también colgó sin despedirse.

Mills Moments estaba oficialmente sin clientes. Fuera del negocio.

No tenía un fondo fiduciario. Ni padres ricos. Necesitaba ganar dinero. Demasiado para el trabajo de mis sueños. Mi mente se volvió hacia el restaurante, donde había trabajado durante toda la secundaria y la universidad. Había hecho propinas decentes. ¿Me aceptarían otra vez?

Miré el reloj sobre la estufa y me puse de pie. Tenía que ir a la estación de policía para dar mi declaración. Lo único positivo era que vería a Nix.

7

 IT

—Dijiste en la llamada al 911 que Erin estaba muerta.

La detective Miranski estaba sentada en la mesa frente a mí. Tenía treinta y pocos años, cabello oscuro recogido en una cola de caballo. Camisa de vestir blanca con un collar sencillo de color turquesa. Aunque no podía ver debajo de la mesa, llevaba pantalones y botas de cuero resistentes. Era guapa, pero sencilla. Amable, ya que se presentó con una sonrisa cuando llegué, pero muy minuciosa.

Tuve que adivinar que Nix le había pedido que hiciera la entrevista, quizás por imparcialidad, no estaba segura.

Ella no era la compañera de Nix, pero eran los dos detectives de la policía en el condado de Cutthroat, asignados a diferentes casos. El asesinato de Erin era un gran asunto, y probablemente el señor y la señora Mills habían presionado al departamento para encontrar al asesino. La detective Miranski parecía competente y compuesta, lo que me hizo preguntarme lo que Nix vio en mí. ¿Por qué a Nix no le gustaba ella? Inteligente, bonita. *Con empleo*. Probablemente tenía una coartada para el sábado por la noche. Yo, por otro lado, estaba sin trabajo, actualmente sin hogar, viviendo con un bolso de viaje y era sospechosa de un asesinato.

La sala de interrogatorios era como la de la televisión. Paredes blancas, alfombra industrial en el suelo. Una mesa de metal con cuatro sillas. Un espejo unidireccional.

Miré a Nix, que estaba de pie en el rincón, apoyado casualmente contra la pared. Se veía increíble con pantalones y una camisa de golf azul oscuro con el logo del departamento de policía bordado en el pecho. Quería pasarle las manos por encima, pero las doblé en mi regazo. Además de decir su nombre y su cargo para la grabación del vídeo hace una hora, no había dicho nada más. Apenas se movió.

Traté de bloquearlo, porque si no lo hacía, pensaría en que sabía exactamente cómo se veía debajo de su camisa, que había tocado y lamido cada centímetro de esos abdominales duros como roca. Y otros lugares duros como rocas en su cuerpo.

—Supongo que lo hice. Estaba un poco asustada.

—Pero la tocaste. Si sabías que estaba muerta, ¿por qué la tocaste?

Fruncí el ceño.

—Cuando la vi tirada allí, mi primer instinto fue ir a ayudarla. ¿Usted no lo haría?

No dijo nada, solo esperó.

—Sus ojos estaban abiertos —continué, conteniendo las lágrimas—. Miraban fijamente. Su color era raro. Dios, no tenía idea de que las personas se ponían así de pálidas. No quería que estuviera muerta.

Me pasé las manos por arriba y debajo de mis brazos. No

hacía frío en la habitación, pero había un ventilador gigante en el techo y una brisa ridículamente fuerte para ser un espacio tan pequeño.

—No escuchaste nada.

Respiré profundo, dejé salir el aire. Me sorbí la nariz.

—Ya le dije esto. No. No escuché nada.

—¿Cómo es posible?

Encogiéndome de hombros, dije:

—No lo sé. Su casa es grande. Mi habitación estaba en el primer piso en la parte de atrás. La cocina, la lavandería y una sala de ejercicios están entre mi habitación y donde la encontraron. Normalmente no la oía entrar por la noche, y si traía a alguien con ella, no lo sabía. A menos que estuvieran gritando.

—¿Eso ha pasado antes? ¿Erin gritando con alguien?

Recordé.

—Sentí voces fuertes una noche. Había traído a un chico a casa. Después de un minuto o dos, subieron a su habitación y luego todo quedó en silencio. Me volví a dormir. Lo conocí a la mañana siguiente en la cocina. Ella dijo que estaban borrachos.

—¿Cómo se llama el hombre?

—Kurt algo. Estaba en mi clase de Economía en la universidad, pero fue hace unos años.

—Dijiste que estaban trabajando en una boda en el Red Barn. —La detective miró sus papeles—. ¿A qué hora llegaron a casa?

—Alrededor de las once y media. De camino a casa, me detuve en la gasolinera de South Fourth para comprarle el billete de lotería a mi madre.

—¿Esto es algo que haces normalmente?

Asintiendo contesté.

—Sí, mi madre es agorafóbica. No ha salido de su casa

Oscuridad en la montaña

en años. Espera ganar los mega millones, aunque como no sale de la casa, no es como si fuera a comprar un barco o algo así. —Suspiré—. Como sea, sí. Le he comprado un boleto todos los días, incluso cuando vivía en Billings.

Escribió algo en sus papeles, luego me miró.

—¿Cuánto tiempo llevas de vuelta en la ciudad?

—Cinco semanas.

—¿Alguien más en particular?

—Ella mencionó a algunos chicos. Shane Nickel.

Sus ojos se abrieron de par en par.

—¿El hijo de Eddie Nickel?

—Eddie creció en Cutthroat —le dijo Nix a la detective—. Sus hijos crecieron aquí. Yo fui a la escuela con Shane.

—Bien, entonces Shane Nickel —repitió la detective Miranski.

—No sé mucho sobre eso porque creo que me mantuvo al margen.

La recordé diciendo que habían estado saliendo. No estaba segura de si significaba que se habían acostado o si se habían ido a jugar a los bolos. Con Erin, no tenía ni idea. Solo sabía que había sido algo casual ya que no era el único chico.

Levantó una ceja oscura.

—¿Por qué? Trabajaban juntas, incluso fueron compañeras de cuarto.

Me mordí el labio. La lista —y el corto plazo— hacían que Erin pareciera una zorra. No me importaba lo que Erin hacía con los chicos. Tenía un poco de envidia de su audacia, de su capacidad de hacerlo, pero siempre me pregunté si estaba sola. En el tiempo que estuve de vuelta en Cutthroat, Erin y yo no habíamos sido tan cercanas. Trabajábamos juntas, pero ella salía de fiesta todas las noches. No nos habíamos pintado las uñas juntas mientras veíamos películas. Nada que las amigas hicieran. Estaba claro que, aunque me estaba quedando en su casa, nos habíamos distanciado mientras yo no estuve.

—Porque me fui por un año, tal vez. Ella siempre ha sido más extrovertida que yo. Le encantaba salir. Divertirse. Antes de irme, trabajé muy duro para tener una cita. Ella era, bueno, preciosa y podía tener a cualquier hombre que quisiera. Definitivamente fuera de mi alcance.

Nix se movió entonces y cruzó los brazos.

La detective me ofreció una pequeña sonrisa, como de amiga a amiga y me tendió un cuaderno de notas.

—Aquí, dijiste que mencionó a algunos chicos. Escribe los nombres.

Garabateé los pocos nombres que conocía. Uno o dos que recordaba de la escuela secundaria, pero no supe mucho de ellos después de la graduación. Y tampoco desde que regresé.

—Ya que no escuchaste una discusión o cualquier otra cosa la otra noche, ella debía conocer a su agresor.

Miré fijamente a la detective, luego a Nix por un momento.

—No tengo ni idea.

—¿Viviste en Billings el año pasado?

Asentí.

—¿Por qué te fuiste de Cutthroat en primer lugar?

No me atreví a mirar a Nix.

—Tomé un trabajo para un hotel en su área de eventos. —No era una mentira, pero no toda la verdad.

—Cierto, la compañía de Erin es Mills Moments —dijo, tomando su bolígrafo y haciendo una anotación en la libreta que tenía enfrente. Me miró con sus penetrantes ojos verdes—. ¿Tú y Erin siempre quisieron organizar eventos?

—Yo sí. Me gusta organizar. —Un eufemismo teniendo en cuenta a mi madre. Nix sabía de ella. La mayoría de la gente con la que fui a la escuela sabía de ella. No era un secreto, pero no iba a compartir la ansiedad de mi madre con la detective. No tenía ningún impacto en el caso.

—Volviste porque Erin te ofreció un trabajo.

No lo dijo como una pregunta.

—Así es.

—¿Salió con un chico específico el sábado por la noche?

—No que yo sepa. Como dije, ella no tenía novios. Nunca los ha tenido.

—Pero según la lista que acabas de dar... —Tocó el papel con los nombres con su dedo— ¿Qué eran ellos entonces? ¿Aventuras de una noche?

—No hablábamos de su vida sexual.

—¿Qué piensas tú?

Me encogí de hombros.

—En la secundaria, sus padres la molestaban por los chicos con los que salía. Hacía cosas del instituto como una película o un baile. Vetaban a todos los chicos porque no eran lo suficientemente buenos. Como puede imaginar, a ella no le gustaba ese rechazo. ¿A qué adolescente le gustaría? Así que se adaptó, pero nunca iba demasiado lejos como para que sus padres se involucraran. También se mantuvo alejada de los chicos de secundaria. Pasó a los mayores. —Me metí el cabello detrás de la oreja—. En estos días, por lo que sé, estaba pasando el rato. Se divertía. Tenía algo casual. Podría llamarlos aventuras de una noche, supongo.

—Se dice que tú y Erin tuvieron una pelea.

La miré con los ojos muy abiertos. Sus cambios de tema me estaban provocando un traumatismo cervical.

—¿La otra noche?

Abrió una carpeta que había colocado a un lado, la deslizó delante de ella y leyó algo en la página superior.

—En The Gallows. La semana pasada.

The Gallows era un bar en el centro. Era popular entre los lugareños, tenía buena comida y una noche para mujeres. Fui una vez con Erin, pero solo había estado allí como su copiloto, aunque obviamente se percataron de nosotras.

—Sí. Tuvimos una discusión sobre tomar el proyecto de Eddie Nickel con respecto a la organización de eventos para el lanzamiento de la película. Era algo importante. Mucho dinero. Erin lo quería porque el nombre del negocio saldría a relucir en Hollywood.

—¿Tú no querías ese contrato? —preguntó ella.

—Lo quería, pero Erin y yo, tenemos... teníamos, diferentes maneras de pensar algunas cosas.

—¿Como qué?

Me reí un poco.

—Dinero. Ella tenía. Mucho dinero. Aunque intentaba que el negocio fuera un éxito, creo que solo era un pasatiempo para ella. No *tenía* que trabajar. Yo no tengo dinero. Usted lo sabe, estoy segura por su investigación. Necesito tener un trabajo, necesito un cheque para pagar las cuentas y cubrir algunos de los gastos de mi madre.

—Creo que la cuenta de Nickel te hubiera beneficiado entonces —contestó ella.

—Si funcionaba, sí. El dinero habría sido genial y las conexiones realmente habrían impulsado el negocio. Pero si fallaba, si el contrato fracasaba, nos quedaríamos sin clientes. Su plan era que ese fuera nuestro único cliente. Ella no hacía nada *pequeño*, incluyendo las discusiones.

—Pero el sábado por la noche, antes de que Erin fuera asesinada, estaban trabajando en una boda que la compañía planeó. ¿Fue la última vez que viste a Erin?

—Sí, aunque estábamos acelerando el trabajo para la película de Nickel, ese evento había estado apuntado durante meses, mucho antes de que yo regresara. Una fiesta de bebé también, la cual se canceló esta mañana. —Pensé en la llamada telefónica y fruncí el ceño—. Erin tenía un colchón de dinero para tomar grandes riesgos. Yo no. Discutimos por ese motivo, porque me mudé aquí para trabajar con ella, y si se estropeaba...

—Entonces no tendrías nada.

—Exactamente. En todo el tiempo que hemos sido amigas, ella nunca me hizo sentir mal por tener menos, pero tampoco lo entendía.

Me miró fijamente.

—Keith Mills dijo que eras amiga de Erin por su dinero.

Vaya, eso me dolió. Aunque sabía que era lo que él creía que era verdad.

—Lo he sabido desde séptimo grado cuando me lo dijo en mi cara de niña de trece años.

—¿Ah?

Me ruboricé.

—Me invitaron con otras chicas a una fiesta de pijamas en casa de Erin. Me vino la menstruación. La primera vez. —Moví la mirada hacia Nix—. Arruiné mis pantalones.

Afortunadamente, como era mujer, la detective lo entendió. Yo no estaba muy emocionada por compartir la historia con Nix escuchando ahí.

—Erin fue muy amable, me prestó un par de pantalones para que me los pusiera. El señor Mills notó que yo tenía puestos sus pantalones de chándal de cien dólares y me acusó de usarla para conseguir *mejor* ropa. Estaba destrozada y me fui en lugar de pasar la noche. Esa fue la primera vez que dio a conocer sus sentimientos.

Después de todos estos años, sabiendo que el señor Mills seguía sintiéndose así, que se lo haya dicho a la policía...

—En la universidad, salí con Lucas Mills durante unos meses. El hermano de Erin —agregué, aunque probablemente ella ya lo sabía. De acuerdo con sus preguntas, y por el hecho de que no estaba familiarizada con el asunto, no creía que la detective hubiera crecido en Cutthroat—. Cenamos, fuimos al cine, lo de siempre.

—¿Y a sus padres no les gustó?

Fruncí el ceño al recordarlo.

—Él tenía veinte años y no vivía en la casa. Sus padres no se enteraron de inmediato. Nos encontramos con ellos una noche en un restaurante. La señora Mills me llevó a un lado y me llamó «basura». Dijo que estaba bien que su hijo «plantara su semilla» en alguien como yo. —Hice el gesto de las comillas con los dedos—. Pero que sentaría cabeza con alguien mejor. —Me reí—. Era joven, y dudo que estuviera buscando sentar cabeza conmigo o con alguien más. Luego se marchó al ejército poco tiempo después, aunque en realidad no habíamos terminado; simplemente... lo dejamos ahí. Lucas estuvo fuera por unos años, asignado. Pero no es como sus padres en absoluto.

—Ya veo —contestó Miranski de forma neutral.

—¿Tengo que contarte más historias? —le pregunté.

Levantó la mano.

—No. Lo entiendo. Keith y Ellen Mills no te quieren.

Le ofrecí una sonrisa falsa.

—Más o menos.

—¿Erin te contrataría solo para hacer molestar a sus padres?

Me puse rígida, porque definitivamente era algo que ella haría.

—Erin tiene... *tenía* veintiséis años. No tengo ninguna duda de que hacía cosas para molestar a sus padres, y tal vez el hecho de que yo trabajara con ella para fastidiarlos era un beneficio adicional. Pero es ir un poco lejos, exagerado incluso para ella.

Respiré profundamente y puse las manos sobre la mesa.

—Erin era el rostro de la compañía. Podría venderle hielo a un esquimal. Lo que no podía hacer era organizar. Ahí es donde entro yo. Yo diría que tengo algo como un TOC, me gusta que las cosas estén en el lugar correcto, lo que es genial para un negocio de planificación y organización de eventos.

La detective lució pensativa por un momento.

—Si Mills Moments está cerrado, ¿qué harás ahora?

Me encogí de hombros de nuevo y miré a Nix.

—Voy a ver si puedo recuperar mi trabajo de mesera. ¿Ya terminé aquí?

—Por ahora —contestó ella poniéndose de pie.

Yo también me puse de pie y me metí el cabello detrás de la oreja.

—Me habrían arrestado si pensaran que lo hice, ¿verdad?

Nix se incorporó desde la pared.

—Si tuviéramos pruebas que probaran que lo hiciste, te arrestaríamos.

Fruncí el ceño ante su declaración.

—¿Creen que lo hice, pero no pueden demostrarlo?

Dios, ¿me había acostado con Nix y él pensaba que yo había matado a Erin?

—Nix no dijo tal cosa —contestó la detective Miranski—. Estamos analizando todos los ángulos ahora mismo. Para que estés al tanto, un juez ha firmado una orden de registro para tu teléfono y registros bancarios y el equipo de la escena del crimen fue a tu habitación en la casa de Erin el día de ayer.

No tenía nada que ocultar. Lo descubrirían muy pronto, pero no dudaba que buscarían. Bastante. Apenas tenía dinero en mi banco y mi teléfono tenía un plan de pago y no lo usaba mucho por voluntad propia. En cuanto a mi dormitorio... era divertido saber que Nix cogió ropa interior para mí. Los técnicos de la escena del crimen cuando registraran... ¡Dios, mi cajón al lado de la cama con mi vibrador...!

Me ruboricé solo de pensar que lo encontraran. Me sentí... violada. Juzgada. Como si fuera mala otra vez. Una basura.

—No puedo ser la única a quien investigan. —No podía ser la única persona cuyas bragas serían manoseadas.

—No. Estamos trabajando...

—En todos los ángulos —terminé por ella, levantando mi mano—. Lo entiendo.

—Te acompañaré a la salida —dijo Nix, dirigiéndose a la puerta y abriéndola.

Me siguió, pasamos la estación y con una mano en mi codo, me detuvo en el pasillo frente a las máquinas expendedoras. Una vez que me volví para mirarlo, su mano se apartó.

—Tú no eres la única persona de interés, Kit —me dijo, bajando la voz a pesar de que no había nadie en el pasillo con nosotros y los sonidos de una estación ajetreada resonaban en las paredes—. Tenemos órdenes para los registros telefónicos y bancarios de los padres de Erin. Los del hermano también. Estamos buscando a los novios, a quién llamó, sus tarjetas de crédito. Todo. ¿Está bien?

Probablemente me ofreció más de lo que debería.

—Está bien.

Mientras nos dirigíamos a la entrada principal, los gritos de un hombre no pudieron pasar inadvertidos.

—¿Por qué me está llamando mi banco? ¿Mi hija fue *asesinada* y vosotros estáis escarbando en mis finanzas?

¿Qué diablos pasa aquí? ¡Deberíais estar buscando al asesino!

La voz de Keith Mills fue fácilmente reconocible. También lo fue su ira. Llegamos a la vuelta de la esquina y vi al señor Mills. El policía en la recepción se puso de pie, con las manos metidas en su cinturón de trabajo, despreocupado.

—Señor, cálmese.

Se veía igual que siempre, bien bronceado, con el cabello perfectamente arreglado, pantalones caquis planchados y una camisa de golf azul. En su apariencia, lo único que cambiaba alguna vez era el color de la camisa.

—Mi hija fue asesinada y ¿quieres que me calme? —Entonces me vio y su rostro pasó de la ira al desdén—. Vaya, vaya. Kit Lancaster. —Me miró como si todavía estuviera usando los pantalones prestados de Erin en séptimo grado—. ¿Por qué no estás tras las rejas?

Me congelé, todas las cosas odiosas que me había dicho a lo largo de los años regresaban. Pero ¿quererme en la cárcel? Era un nuevo nivel, muy bajo.

El señor Mills miró a Nix por encima de mi hombro.

—¿Mi vida está destrozada y la mujer que estaba en la casa cuando Erin fue asesinada anda suelta?

Las venas sobresalían de sus sienes y su saliva volaba por el aire mientras me señalaba. Con una mano en la parte baja de mi espalda, Nix me instó a que me moviera.

—Voy a acompañar a la señorita Lancaster hasta su coche. Cuando regrese, hablaré con usted sobre el caso. Pero solo si se calma.

El señor Mills gritó mientras nos alejábamos; el ritmo de Nix se aceleró y yo crucé el aparcamiento en dirección a mi coche en cuestión de un minuto. Me di cuenta de que Nix no había contradicho al señor Mills ni me había defendido.

—¿Crees que yo maté a Erin? —susurré, fatigada de

repente. La falta de sueño me sobrepasaba. Mis emociones eran como una montaña rusa.

—¿Qué? —Sus ojos se abrieron de par en par—. No.

—¿Entonces por qué no lo dijiste? ¿Por qué no me cubriste las espaldas? —Pensé en la noche anterior, cuando estuve metida en sus brazos. Abrazándome a él después de mi pesadilla. Dios, prácticamente me había trepado a él como un mono, desesperada.

—¿Con Keith Mills? Porque tengo que ser imparcial.

—¿Imparcial? —solté—. Claramente dijo que yo lo hice. Y no le dijiste lo contrario.

Se inclinó hacia adelante para poder mirarme a los ojos.

—Quiero volver ahí y arrancarle la cabeza al imbécil. —Sacó el brazo y señaló la estación—. Después de lo que le dijiste a Miranski sobre él, ¿crees que me *gustó* que dijera eso de ti? ¿Saber que lo ha hecho durante años? —Se pasó una mano por el cabello; sus ojos estaban llenos de ira—. Golpear al padre de una víctima de asesinato en la cara no está en la descripción de mi trabajo, Kit. Para encontrar al asesino de Erin, tengo que aguantar a tíos como Mills. Estoy enfadado porque tú también lo estás.

—¿Y durante el interrogatorio? Apenas dijiste una palabra.

Su mano se deslizó sobre su cabello con obvia frustración. Yo había sostenido esas hebras de seda entre mis dedos mientras me follaba.

—Porque se estaba grabando. Porque lo que dije delante de Miranski es cierto. Si tuviéramos pruebas de que mataste a Erin, estarías en la cárcel.

Me detuve y esperé a que dijera más.

—Pero...

—Pero tú no lo hiciste, joder, así que eres libre de irte. —Dio un paso más cerca, toda esa oscura intensidad cambiaba a necesidad—. Libre para estar en mi cama.

Oscuridad en la montaña

—Nix —murmuré, mirando el logo bordado de policía en sus pectorales. No podía mirarlo a los ojos—. No puedo soportar este caliente y frío. Estuve en tu cama toda la noche y ahora finges que apenas me conoces.

—Así es. *Finjo*. Nadie puede saber que estamos juntos.

Me dolió. Mucho. Si Nix y Donovan querían un «para siempre» conmigo, entonces deberían enorgullecerse de mí, no esconderme como un secreto oscuro. Pero no se trataba de lo que querían. Era por sus trabajos.

—El señor Mills perdería la cabeza. —La comisura de su boca se levantó, apenas, pero no era una broma. Era verdad—. El caso podría estar comprometido. —Sí, eso también. Lo que no dijo era que sus trabajos probablemente también estarían en juego. Y no me gustaba el peso de ese aspecto en nuestra relación. Las carreras de Nix y Donovan estaban en riesgo por mi culpa—. Quiero besarte —dijo, pero no se acercó para hacerlo. Había varios centímetros de distancia entre nosotros, permanecimos lo suficientemente lejos como para evitar que alguien que nos viera pensara que éramos más que un detective y una testigo.

—¿Qué hay de tu trabajo? —le pregunté, expresando en voz alta lo que había estado pensando.

—Me preocuparé por eso luego. Entonces... ¿más tarde? —dijo esa última palabra con tanta intención, que supe que significaba que nos desnudaríamos y gritaría su nombre.

Gruñó y se acercó, puso una mano en el techo de mi coche, acorralándome. Me encantó el dominio del momento. No tenía que decir nada para saber que me quería y no planeaba aceptar un no por respuesta.

—Nix —susurré mirando a su alrededor. La escena con nosotros así parados no era algo bueno. ¿Y si el señor Mills nos viera? Nix podría decir que se preocuparía por su trabajo, pero yo ya estaba preocupada. No valía la pena que perdiera todo por lo que había trabajado por mi culpa.

—Más tarde —repitió, esta vez no como una pregunta. Respiré profundamente, inhalé su aroma limpio. Reconocí el olor de su jabón porque yo también lo tenía encima.

Asentí con el presentimiento de que no retrocedería hasta que yo estuviera de acuerdo.

—No puedo llamarte —dijo, sacando la mano del coche y retrocediendo—. Como dije, tus registros telefónicos están siendo revisados.

—Cierto —respondí, recordando lo que Donovan había dicho antes. Saqué las llaves de mi cartera y me volví hacia mi coche. No estaba segura de si me temblaba la mano por su dominio o por el recordatorio de que todavía era una sospechosa. La realidad me acechaba. Mi amiga fue asesinada. Yo estaba bajo investigación. Si mi vagina no estuviera un poco adolorida, me habría preguntado si lo de anoche realmente había ocurrido.

—¿Qué vas a hacer ahora?

Esa era la pregunta del día. Lo miré por encima del hombro. No podía creer que yo le gustara a un chico tan atractivo. Miré sus manos y recordé lo que podía hacer con ellas. Cuán gentil podía ser. Cuán hábiles eran esos dedos. Y sabía lo que había debajo de los pantalones y la camisa. Conocía cada fibra de músculo, cada centímetro de su polla gigante. Aun así, que estuviéramos juntos era un pequeño y sucio secreto. Uno que podría arruinar el caso, y su carrera. Incluida la de Donovan.

¿Yo era lo que dijo el señor Mills? ¿Una basura? ¿Estaba arruinando la vida de dos hombres por una aventura salvaje? La noche anterior, habían dicho que sería para siempre. Pero fue cuando estaba desnuda. Ante la posibilidad de perderlo todo, ¿yo valdría la pena? No podía depender de ellos. *Confiaba* en ellos, creía en lo que decían, pero no podía obligarlos. Necesitaba poder mantenerme sobre mis propios pies, mantenerme a mí y a mi mamá. Necesitaba un cheque de pago.

—Eddie Nickel canceló el gran contrato y la fiesta de bebé, que era el único cliente que quedaba, no quiere tener nada que ver conmigo. —Pateé una piedra en el pavimento—. Voy al restaurant a rogar que me devuelvan mi anterior empleo.

8

ONOVAN

—¿Querías verme?

Mi padre levantó la mirada de su escritorio, sonrió.

—Donnie. Ven y siéntate.

Extendió su mano para indicar las sillas delante de él. No se levantó, ni me abrazó. No teníamos ese tipo de relación. Oh, había recibido palmaditas masculinas en la espalda y el *Donnie* de siempre, lo que me hacía avergonzarme por dentro. Decía que estaba orgulloso de mí con bastante frecuencia. Pero no de mí, Donovan Nash, sino del fiscal del condado de Cutthroat. Yo me aseguraba de que algunas personas malas estuvieran fuera de las calles y él estaba contento con mis estadísticas. Mantenía a Cutthroat a salvo y ayudaba a mantenerlo a él en su puesto.

¿Y quién podría estar más satisfecho con eso que Anthony Nash, el alcalde?

Sí, el maldito alcalde.

Tenía sesenta y dos años y no tenía planes de jubilarse, a menos que lo expulsaran del cargo.

—¿Cuáles son las últimas noticias sobre el asesinato de Erin Mills? —me preguntó mientras me sentaba en una silla.

Sabía que por tal razón me había pedido que tomara el ascensor hasta el tercer piso del edificio de la ciudad donde estaba su oficina, así como a la del fiscal de distrito. Los pequeños traficantes de drogas y los maltratadores de esposas no afectaban sus posibilidades de reelección como lo hacía el asesinato de una chica famosa de la ciudad e hija del mayor contribuyente de su campaña.

No le importaba una mierda que mi liga de verano de softball ganara el campeonato o que yo me hubiera comprado un coche nuevo. Le *importaría* Kit, pero por las razones equivocadas.

—Tendrías que preguntarles a los detectives sobre eso. Aún el caso no ha llegado a nuestra oficina.

Frunció los labios. La gente decía que nos parecíamos. Su cabello rubio ahora era mayormente gris, pero no había perdido nada, lo cual era un buen presagio para mí. Se mantenía activo, jugaba golf en el verano y esquiaba en invierno en las pistas de la Montaña de Cutthroat, y se notaba. No se había vuelto a casar después de la muerte de mi madre, pero yo sabía que se veía con Angela Martin de manera casual. Lo había hecho durante años. Otra cosa de la que no hablábamos.

—Te vas a encargar del caso —comentó, apoyando los codos en los brazos de su silla de respaldo alto y juntando los dedos—. Me sorprende que Nix no te haya contado los detalles con una cerveza o algo.

No respondí. En vez de compartir una cerveza la noche anterior, compartimos a Kit. Follarla era mucho más divertido que hablar del caso.

Suspiró, se inclinó hacia delante y apoyó sus antebrazos sobre su escritorio.

—Me enteré de que están investigando a la familia Mills, hombres con los que Erin pudo haber salido, la compañera de cuarto de Erin, el servicio de la casa e incluso los vecinos.

Asentí.

—La autopsia será en la mañana. Suena como un procedimiento estándar —le contesté, tomando un pisapapeles de vidrio y tirándolo de mano en mano.

—Este no debería ser un procedimiento estándar —respondió—. Necesitamos encontrar a este asesino. Y rápido.

Dejé los malabares y lo miré.

—¿Por qué? ¿Porque las elecciones son dentro de unos meses?

Su mandíbula se apretó.

—No es solo mi carrera la que está en juego.

Fruncí el ceño.

—¿De qué estás hablando?

Se encogió de hombros.

—La fiscal del distrito va a querer que el asesino esté tras las rejas tanto como yo. Eso recae sobre tus hombros.

—Lo que significa que no lo arruine. —Mientras que la fiscal de distrito estaba a cargo de la oficina y se ocupaba de la política, como las reuniones con mi padre, yo me ocupaba de los casos y dedicaba mi tiempo a la sala del tribunal. Si las cosas salían mal, era mi culpa.

Esto significaba que no debería haberme follado la vagina de una sospechosa principal mientras ella le chupaba el pene al detective principal. Y planeaba hacer otra variedad de eso más tarde esta noche.

Levantó una mano en un gesto para que me detuviera.

—Yo no dije eso.

Me puse de pie y bajé el pisapapeles.

Oscuridad en la montaña

—No tenías que hacerlo. —Estaba acostumbrado a su agresividad pasiva.

—Serás fiscal dentro de cinco años si logro lo que quiero —me dijo a la espalda mientras me dirigía a la puerta de su oficina. Tenía aspiraciones para mí que nunca se habían parecido a las mías propias. Si él fuera alcalde y su hijo fiscal, el poder que tendría... Nash y Nash, como una especie de programa de televisión.

Como sea.

—¿Lo que quieres?

Sonrió, dulce como la sacarosa.

—Donnie, tener poder significa que controlas muchos lugares en el gobierno, no solo un asiento. Imagínate lo que los chicos Nash pueden hacer si dirigimos Cutthroat.

No me habían importado mucho sus aspiraciones para mí hasta ahora. Pero esta fue la primera vez que prácticamente admitió que tenía una gran influencia en mi carrera. ¿Había empujado casos hacia mí para llenar mi currículum? ¿Sabía cosas sobre la fiscal para que la echaran de la oficina?

Mierda. Sabía que no éramos cercanos, pero nunca me imaginé siendo el peón de mi padre.

No había pensado mucho en ello. Hasta ahora. Hasta que hubo cosas más importantes. Había hecho esto porque era capaz de encerrar a los malos. Estaba bien con eso, claramente sin saber lo que pretendía papá. Pero no había mucho por lo que luchar. O proteger. Sin embargo, ahora estaba Kit.

No quería tirar por la borda tres años de la escuela de derecho porque mi padre tenía hambre de poder, pero tampoco quería tener ninguna cuerda de marionetas. Quería ser el hombre al que acudiera Kit a medianoche, cuando estuviera triste. Feliz. Caliente. Necesitaba que pudiera mirarme a los ojos y estar orgullosa de mí. Y necesitaba hacer lo mismo conmigo mismo.

Me volví, miré al hombre al que una vez admiré. Ahora no me gustaba nada lo que él representaba.

—Quiero justicia, papá, no ser fiscal.

Me miró como si se preguntara si compartíamos el mismo ADN.

—Es lo mismo.

Era como hablar con un poste. No importaba cuántas veces lo dijera, él no lo entendería. Me había dedicado a la ley por mamá, no por él.

—No es lo mismo en lo absoluto.

―――――

KIT

—Miren a quién trajo el gato —dijo Dolly, con su habitual sonrisa en el rostro y una cafetera en la mano mientras pasaba por donde yo estaba en la recepción. No se detuvo a decir más, sino que se abrió paso a través de la fila de puestos junto a las ventanas delanteras que ofrecían recambios. Rara vez la había visto sin el uniforme del restaurante que consistía en pantalones y una camiseta con un dibujo del local en la parte de atrás y zapatos negros resistentes.

Cuando terminó, se dio vuelta y se acercó a mí.

—Dame un poco de dulzura —dijo ella y la abracé. Fuerte. Era más alta que yo por unos centímetros y huesuda, aunque estaba fuerte por cargar bandejas pesadas de comida todo el día. Olía a cebolla cocida y agua de rosas. Una combinación familiar que me hizo contener las lágrimas. La había echado de menos.

Dolly's Diner era uno de los pocos lugares que era frecuentado por todo Cutthroat. Turistas y camioneros pasaban por allí también. Estaba abierto las veinticuatro horas, y a todos les apetecía un desayuno grasiento y nocturno después de haber bebido mucho o después de una reunión de negocios a primera hora de la mañana. A los ricos les gustaba la buena comida en porciones grandes, tanto como a los que podían pagarlo. Los padres de Dolly habían inaugurado el lugar en los años sesenta —y obviamente le pusieron el nombre de su única hija— cuando se abrió la carretera por primera vez. Aunque se retiraron a Florida cuando yo era pequeña, Dolly y su esposo Clyde se encargaron de administrar el establecimiento.

—Supe que habías regresado. —Caminó alrededor del despacho de almuerzos y puso la cafetera en el plato calentador. Se agachó, sacó una caja de paquetes de azúcar y comenzó a meterlos en los portadores de plástico.

—He estado trabajando con Erin Mills.

—También lo supe. —Negó con la cabeza—. No puedo creer lo que le pasó.

—Yo... la encontré.

Sus manos se detuvieron y sus ojos astutos se encontraron con los míos.

—Kit.

Me puse una sonrisa falsa y me apoyé en el mostrador.

—Me estaba quedando con ella, ahorrando algo de dinero para tener un lugar propio.

—Eres la persona más trabajadora que conozco —comentó—. ¿Sigues cuidando a tu madre?

Asentí. No había nada más que decir al respecto.

—Siento no haber venido a saludar.

Estaba avergonzada. Esperaba llegar más allá de ser mesera y hacer una carrera con la planificación de eventos.

El trabajo en el hotel de Billings fue mi comienzo, pero definitivamente se había acabado. El asesinato se encargó de ponerle fin. Pero Dolly había sido más una madre, y al menos debería haber venido a visitarla. Empecé a trabajar para ella en décimo grado, primero limpiando mesas y luego como mesera. Mantuve el trabajo hasta el año pasado, cuando fui a Billings. No le avisé, pero la llamé para decirle adónde había ido.

Ahora estaba comiendo un humilde pastel y esperaba que me aceptara de nuevo. Siempre me había quejado de los engreídos ricos de Cutthroat, pero me di cuenta de que no había actuado mejor.

Me miró por encima del hombro, con su ceja oscura levantada.

Observando el desorden que hacía con los paquetes de azúcar, suspiré.

—Ven, déjame hacerlo. —Me paré a su lado, cogí los soportes y reorganicé los paquetes para que estuvieran ordenados.

—Nunca te gustaron las cosas fuera de lugar —comentó.

—No puedo imaginarme cómo sobrevivieron los clientes sin mí el año pasado —respondí sarcásticamente.

Se rio.

—Nos las hemos arreglado lo mejor que pudimos. Especialmente desde que Melinda está de baja por maternidad y es una de las nuevas meseras nocturnas. Sally Jennings, creo que cuidaste a su hermana menor durante el día, no es la mejor oveja de su rebaño.

La campana que indicaba que un pedido estaba listo sonó y Dolly se dirigió a la ventana de paso para coger los platos. Pasó a mi lado; el aroma a papas fritas y hamburguesas la siguieron.

Contuve una sonrisa. Las cosas por aquí no cambiaron.

La campana volvió a sonar y Dolly me llamó.

—Coge eso, ¿quieres?

Abandoné los paquetes de azúcar y fui a la ventana. Un cocinero que no conocía parecía sorprendido de verme tomar un ticket.

—¿Qué mesa? —le pregunté.

—Doce.

Asentí y apilé los platos en mi brazo izquierdo de una manera que me salía natural.

—Lo tengo.

Fui a la mesa doce, repartí las comidas, me aseguré de que nadie necesitara nada más y volví a los paquetes de azúcar. Necesitaba algo para mantener mis manos ocupadas, y Dolly haría un lío si no me dejaba ayudarla.

—Soy un desastre —admití cuando ella regresó—. Mi amiga fue asesinada. Ya no tengo trabajo. Ni un lugar para vivir. Necesito dinero para pagar mis facturas y las de mi madre. Dolly, soy sospechosa del asesinato de Erin.

Puso su mano sobre la mía y la detuvo.

—*¿Qué?*

Me encogí de hombros.

—La mataron mientras yo dormía al otro lado del pasillo. No tengo coartada.

—La verdad saldrá a la luz. Es horrible lo de Erin. Ella era brava, pero no merecía tener un final así. —Se estremeció, luego me miró—. Nos vendría bien alguien que conozca bien el menú y que pueda hacer algo más que matemáticas básicas con sus dedos —dijo mientras se ponía de pie a mi lado de nuevo.

Mis manos se detuvieron y la miré.

—¿Me aceptarías otra vez después de lo que hice?

—Todo lo que hiciste fue irte de la ciudad con el corazón roto.

Agitó su mano mientras la miraba, mi boca quedó abierta.

—¿Lo sabías?

—Reconozco los corazones rotos cuando los veo. —Sus ojos agudos me miraron—. Y sé cuándo se secaron.

Me sonrojé y me aseguré de que mi camisa estuviera en su lugar —como si Donovan o Nix hubieran estado por aquí para tirar de ella y sentirla. No pude evitarlo pues era Dolly. Ella no tenía una percepción extrasensorial ni nada, pero podía leer a la gente mejor de lo que quería. Como ahora mismo.

—No sé de qué estás hablando.

—Mmm —murmuró.

—¿Qué? ¿Tengo una señal o algo así? —Dios, esperaba que no, porque diría *Doblemente follada*. Tenía un chupetón en el seno derecho, pero me negué a levantar la mano hasta el cuello, preocupada de que hubiera algo que no había visto. Una total señal reveladora.

—¿Arreglaste tus problemas con esos hombres tuyos? Por los círculos oscuros bajo tus ojos, diría que toda la noche.

Mi boca se abrió.

—¡Dolly!

—¿Y bien?

Me incliné y susurré.

—¿Sabías de... los *dos*?

—Ellos te miraban todo el tiempo.

Fruncí el ceño.

—¿De qué hablas?

Balbuceó, negó con la cabeza.

—No venían por mi café. Venían aquí por ti. *Todo el tiempo* —repitió—. ¿Qué sección pedían siempre?

Recordé. Solían venir con frecuencia. Y se sentaban en mi sección. Pensé, bueno, no lo había pensado. Asumí que era de un solo lado.

—Pero... son Nix y Donovan. —Me sonrojé, pensando

en ellos. Inteligentes, guapos, ridículamente viriles. Había sido... tan poco yo con los dos. *Juntos*. No era una mojigata ni nada de eso y no estaba avergonzada por querer tener sexo, pero *dos* hombres definitivamente empujaban mis límites sexuales—. Quiero decir, dos hombres. Uno es el detective del asesinato de Erin y el otro procesará el caso.

Frunció los labios.

—Eso definitivamente es un desastre, pero eres inocente, así que ¿por qué no estar con ellos?

—Podrían tener a cualquiera. Quiero decir, los has visto.

Se ventiló.

—No hacen nada mal a la vista, eso es seguro. Si fuera treinta años más joven. ¿Por qué dos hombres no estarían interesados en ti?

Bajé la mirada a la caja de paquetes de azúcar, luego busqué y tomé un puñado, los puse sobre el mostrador. Sin levantar la vista, los metí—cuidadosamente—en los contenedores.

—No soy nada especial.

—Kittredge Lancaster, ¿qué pasa cuando hablas así de ti misma? —Me regañó en el tono maternal que yo conocía desde hacía una década y que usaba con frecuencia.

—Tengo que limpiar la trampa de grasa —contesté con resentimiento. Me sentí de quince años de nuevo tratando con chicas de secundaria que me hacían sentir menos que importante.

—¿Y no sería mejor que pasaras tu tiempo trabajando en el turno de la cena?

Me golpeé la cabeza para encontrarme con su mirada perspicaz.

—¿De verdad?

—De verdad —contestó, y la abracé con fuerza.

9

Nix

—Kit.

Se dio la vuelta cuando pronuncié su nombre. La puerta trasera del restaurante se cerró de golpe detrás de ella y la sobresaltó. Las luces del aparcamiento iluminaban su rostro, y no pude evitar notar el pánico en sus ojos.

Cuando me di cuenta de que desde su posición no podía verme, di un paso al frente. Tropezó hacia atrás, luego se congeló cuando me reconoció.

—Nix —contestó con un suspiro y con su mano dirigiéndose hacia su pecho. Su bolso cayó de su hombro y lo volvió a subir.

—Mierda, lo siento —dije acercándome, percatándome de que la había asustado.

Me golpeó en el pecho.

—¡No hagas eso!

Su cuerpo temblaba y la cogí para un abrazo. Estaba toda suave y cálida, y vibrando por la adrenalina.

—¿Qué clase de policía eres asustando a la gente?

—¿Por qué estás aquí afuera sola?

—Mi turno se terminó. Mi coche está justo ahí.

Sabía exactamente dónde estaba porque aparqué al lado.

—Haz que alguien te acompañe afuera si está oscuro. ¿De acuerdo?

—Sí. —Trató de retroceder y la dejé. Solo lo suficiente para que pudiera mirarme—. ¿Qué estás haciendo aquí?

—No podía llamarte, así que iba a hacer que me siguieras a casa de Donovan. Nos está esperando.

—Oh —suspiró. Podía escuchar el sonido del choque de platos dentro del restaurante. Su turno había terminado, pero el lugar estaba abierto toda la noche.

—Te dije que más tarde, ¿no? —La deseaba desde el interrogatorio de esta mañana. Había sido una tortura dejar que Miranski la asara a la parrilla. Quise levantarla de la silla, abrazarla y decirle a la detective que se fuera a la mierda.

Miranski me agradaba. Era buena en su trabajo, lo que hacía mi vida más fácil. Ella podía beber debajo de la mesa durante la hora feliz y podía esquiar mejor que la mayoría de los locales en un buen día de nieve. Al ser de Colorado, no era *local*. No creía que Kit tuviese algo que ver con el asesinato más que yo, pero no sabía nada de Kit, no había crecido con ella como yo, así que sus preguntas no eran solo para molestarla.

Keith Mills, por otro lado... El cabrón tenía una fijación con Kit, y no de la buena. Demonios, ni siquiera quería que la conociera. Pero lo hacía y pensaba que ella era para problemas. No tenía idea de si él realmente la consideraba culpable o si era la persona perfecta para desahogar su ira.

Kit lo había soportado durante años. ¿Por qué no ponerle un poco más de mierda en su plato?

Lo calmé un poco. Seguía buscando sangre, pero le advertí que no lo hiciera y le dije que nos dejara hacer nuestro trabajo. También le di un consejo por acosar a Kit, aunque su odio parecía ser profundo. Se fue, pero no sería la última vez que lo vería por el caso.

—¿Cómo sabías que estaba trabajando aquí?

Me reí.

—Soy detective. —Y ella me había dicho que iba a intentar recuperar su trabajo. Conocía a Dolly y a Clyde, y todas las veces que había ido al restaurante a hablar con Kit, noté la forma en que la adoraban. Sabía que le volverían a dar el empleo. No sabía que trabajaría esta noche, pero al entrar en el aparcamiento y encontrar su coche fue bastante fácil saberlo.

—Pensaste que no íbamos a buscarte.

Se quedó callada durante un latido, luego otro.

—Kit —dije, dejando que la palabra permaneciera.

Suspiró.

—Yo solo... está pasando tan rápido. No estaba segura.

Sonreí mientras la acompañaba hacia atrás hasta que quedó presionada contra la pared de bloques de hormigón.

—¿Rápido? Ha estado sucediendo durante *años*.

No pude evitarlo. La besé. Y empujé mi rodilla entre sus piernas. Nuestra diferencia de altura la tenía prácticamente montando mi muslo. Mi pene presionó su vientre.

Quería darle la vuelta y tomarla justo aquí. Justo ahora. Pero se merecía algo mejor que la parte trasera del restaurante. Y nadie miraría a Kit follando, excepto Donovan y yo.

Retrocedí con un gruñido y la miré. Joder, se veía bien. Sus labios brillaban con las luces. Sus ojos estaban borrosos y estaba suave y flexible contra mí. Incluso podía sentir las puntas duras de sus pezones en mi pecho.

No la follaría aquí, pero no significaba que dejaría de tocarla. Acaricié su cabello hacia atrás.

—¿Adónde ibas?

Sus ojos se apartaron, e incluso con las luces tenues, pude verla sonrojarse.

—Dolly me ofreció su sofá.

Conté hasta diez, pero no hizo nada para aliviar mi frustración con ella. Quería hacerla entrar en razón. Puse mis manos sobre sus hombros delgados, pero no me moví.

—Kit...

—Son las once de la noche. No sabía nada de vosotros, así que pensé...

—Lo que sea que pensabas está mal. Ahora eres nuestra, Kit. Si no lo entendiste después de lo que hicimos anoche, Donovan y yo no lo estamos haciendo bien.

La comisura de su boca se inclinó hacia arriba. No creía que de verdad estábamos en esto. No me gustaba que dudara de nosotros, pero era cuestión de confianza. Aunque ella nos había gustado desde hacía mucho, creyó que estábamos fuera de alcance por más de un año. Ahogué una sonrisa. Donovan y yo *juntos*. No. Así que tal vez le tomaría un poco más de tiempo entenderlo, pero se lo demostraríamos. Le demostraríamos que decíamos cada palabra en serio. Cada caricia. *Todo*.

—Vámonos. —Le coloqué mi brazo alrededor del hombro y la acompañé a su coche.

Treinta minutos después, estábamos en el apartamento de Donovan y ella en mis brazos de nuevo.

—Finalmente —murmuré, besando su cuello—. Mmm, hueles a papas fritas.

Se rio mientras la sacaba de mis brazos.

—Déjame ver —dijo Donovan, tomando su mano y

haciéndola girar para que estuviera en sus brazos. La besó y luego le acarició el cuello. Olfateó.

—Necesito darme un baño —contestó.

Dio un paso atrás, pero mantuvo su mano y la llevó a su baño.

—Eso se puede arreglar.

Los seguí. Si ella iba a estar desnuda, mojada y con burbujas de jabón por todo su cuerpo, no me lo iba a perder.

No hubo ningún desnudo seductor, tan solo Donovan ayudándola a quitarse la camiseta del restaurante y sus pantalones. Aun así, me puse duro al instante.

—Oh, mierda.

Kit se volvió hacia mí tímidamente.

—De toda la ropa interior de mi cajón, tú elegiste esto. —No sonaba muy emocionada con los trozos de encaje y seda negros que había seleccionado cuando empaqué sus cosas el día anterior, pero por la forma en que sus pezones estaban duros debajo de la delicada tela, sabía que no estaba realmente molesta. Yo tenía razón, se veía jodidamente ardiente con su lencería sexy.

Donovan sonrió.

—Nix está a cargo de tus sujetadores y bragas de ahora en adelante.

Demonios, sí. Yo estaba metido por completo cuando se trataba de encontrar cosas sexys para que usara nuestra chica. *Solo para nosotros.*

No pude evitar acariciar la parte superior de su seno con un dedo. El sujetador no cubría mucho y a mi pene le gustaba. Y más abajo, esas bragas... solo un triángulo con cintas pequeñas cubría esa dulce vagina.

—Te ves muy bien con eso. Ahora quítatelo —dije, sacando el revólver de servicio de la funda y colocándolo en el tocador.

El apartamento de Donovan se encontraba en un

edificio nuevo del centro, y era moderno y espacioso. El baño, gracias al cielo, tenía una ducha de vapor en donde cabían tres fácilmente. De ninguna manera cabíamos todos en mi baño, mucho menos en la bañera.

Ella debió de haberse dado cuenta de la forma en que estábamos mirando sus manos cuando desabrocharon el cierre delantero de su sujetador, porque continuó más lentamente. Una tortuga podría abrir el cierre más rápido. Y la curvatura pícara de sus labios...

Nos *provocaba*.

Miré a Donovan.

—Te estás ganando unos azotes, Kitty Kat, por provocar a tus hombres —gruñó—. He pasado todo el día con una semierección. Es difícil hacer las cosas así... demonios, es difícil *caminar*. —Mientras hablaba, abrió sus pantalones, los apartó y bajó sus calzoncillos lo suficiente como para sujetar su polla, sacarla y acariciarla. No era una semierección en lo absoluto, sino que estaba listo para follar—. Todavía puedo saborearte y quiero más.

—Oh —susurró, finalmente dejando que el sujetador se deslizara por sus hombros hacia el suelo de baldosas.

Miramos sus senos perfectos fijamente. Como un puñado pesado, tenían forma de lágrima con pezones regordetes erectos. Unos bonitos pezones rosados que se endurecían mientras la observábamos.

—Joder —suspiré. Se me hizo agua la boca por poner mis labios allí.

Donovan emitió un gruñido y se dirigió a la ducha, jugueteó con las diversas perillas y abrió el grifo. Antes de que cualquiera de nosotros pudiera quitarse la ropa, el vapor salió por la puerta abierta.

Fue su turno de mirar fijamente. Claramente, Kit no estaba acostumbrada a ver dos hombres desnudándose.

Donovan metió a Kit en la ducha con él y cogió el jabón.

Lo seguí, luego me hundí en el asiento del banco. Me tendió la barra antes de que sus manos enjabonadas pasaran por encima de los hombros de ella, por sus brazos y luego por sus senos. Él estaba tomando la parte de arriba, así que yo tomaría la de abajo. Con su vulva a la altura de mis ojos, estaba más que contento con el arreglo.

Kit tenía cuatro manos encima, corriendo sobre cada centímetro de ella, limpiándola por completo. Pasé por sus piernas, luego lavé su vulva cuidadosamente, asegurándome de que no quedara jabón en esa carne delicada antes de empezar a jugar. Estaba mojada, y no por la ducha; mis dedos se deslizaban fácilmente a través de ella.

Se puso de puntillas mientras la follaba suavemente; la palma de mi mano rozaba su clítoris al hacerlo. Su cabeza se inclinó hacia atrás y Donovan la besaba mientras jugaba con sus pezones. Preciosa.

Rompió el beso cuando se corrió; sus gritos de placer resonaron en las baldosas.

Las paredes internas de su vulva se apretaron y ordeñaron mis dedos mientras su cuerpo se suavizaba y relajaba.

—Sujétala por mí —le dije a Donovan.

Él pudo aprovechar su estado de saciedad para levantarla, sus manos se engancharon detrás de cada rodilla mientras la presionaba contra él. Estaba muy abierta para mí, con los labios de su vulva separados, y pude ver cada centímetro de ella. Hinchada, cubierta de su dulce excitación y lista para otro orgasmo. Incluso pude ver que el interior seguía contrayéndose por el placer remanente.

Me incliné hacia adelante y puse mi boca sobre ella. Donovan la había comido la noche anterior y yo no había tenido la oportunidad. Ahora tenía su sabor dulce en mi lengua. Sus caderas se doblaron, pero el agarre de Donovan la mantuvo justo donde yo la quería. Lamí su clítoris, lo rodeé haciendo círculos, luego me metí un labio en la boca y luego el otro. Endurecí mi lengua y la follé con esta, luego me moví aún más abajo, besando la roseta apretada de su trasero.

—¡Nix! —gritó, con su mano enredándose en mi cabello. Tiró de este y la miré—. Oh, Dios, ¿qué estáis haciendo? —Probablemente era lo más erótico que ella había hecho. Si arrancábamos todos los pensamientos sobre cualquier chico de antes que nosotros, entonces bien.

No teníamos relaciones a medias tintas. *Podríamos* ser, como la noche anterior, cuando fuimos mansos y gentiles, pero nos gustaban las cosas un poco salvajes. Atrevidas. No íbamos a frenar nuestros apetitos sexuales solo porque las cosas que nos gustaban hacer eran ilegales en algunos estados. Joder, compartirla era bastante salvaje.

A menos que odiara algo totalmente y gritara algún tipo de palabra segura como «piña», la guiaríamos, para complacerla de formas que jamás imaginó.

Sonreí. Estaba muy abierta, el agua recorriendo su piel cremosa. Sus tetas estaban puntiagudas y maduras.

—Te estamos amando —le dije.

—Sí, pero eso fue... donde lamiste...

—¿Tu trasero? Es virgen, ¿verdad, Kitty Kat? —dijo Donovan, lamiéndole el cuello.

—Sí —suspiró. No trató de salirse de sus brazos, pero yo sabía que Kit estaba vulnerable así, incluso excitada. Así que le haría olvidar la vergüenza, especialmente porque no había nada de qué avergonzarse. Tomaríamos su trasero, jugaríamos con él, lo follaríamos. Pero estaría preparada primero. Un poco de calentamiento ahora le mostraría lo mucho que le gustaría.

No dije nada más. Nuestra chica tenía los muslos abiertos y yo no iba a desperdiciar la oportunidad. Pasé mi lengua en su culo una vez más, brevemente, y luego volví a subir. Metí un dedo allí nuevamente, lo cubrí con su excitación, y luego lo moví a la entrada trasera. Mientras estimulaba su clítoris con mi lengua, jugaba con su culo, lo rodeaba, lo presionaba, lo rodeaba un poco más, y luego finalmente conseguí que la punta pasara el anillo apretado de músculo.

Jadeó y sus ojos se abrieron de par en par. Hambrienta. Necesitada. Sorprendida. Sonreí sobre su clítoris y moví la punta de mi dedo cuidadosamente, despertando todas esas terminaciones nerviosas que sabía que la harían correrse tan duro.

Mientras hacía todo eso, Donovan le hablaba. Sucio. Vulgar, inclusive.

—Estoy observando a Nix meterte un dedo en el culo. Te gusta, ¿no es así? Esa pequeña vagina es nuestra. Para follar. Ese culo va a ser nuestro pronto.

Le habló hasta que se corrió, luego canturreó lo hermosa que era mientras gritaba, y cubrió mi barbilla con sus jugos. Su culo me apretó la punta del dedo y supe que iba a estar ajustado, sería un apretón de muerte a mi pene cuando finalmente me metiera allí.

—Ponla sobre mi polla —le dije a Donovan.

Dio un paso adelante y juntos la bajamos cuidadosamente para que estuviera a horcajadas sobre mi cintura, con su vagina flotando sobre mi polla, y luego sobre este. Sus ojos se abrieron de inmediato.

Ahí estaba. Mi Kit. Su vagina se contraía, ajustándose para estar llena de mi polla. La abracé, la besé. Cuando se echó para atrás, se lamió los labios y supe que podía saborearse a sí misma.

—Supongo que te gusta el juego del culo, ¿eh? —le pregunté, acariciando su cabello mojado.

Sus ojos oscuros se encontraron con los míos.

—Más —suspiró.

Donovan maldijo y cerró la ducha. Lo seguí hasta el dormitorio, con Kit todavía montando mi pene, ahora con sus piernas alrededor de mi cintura.

La bajé a la cama de Donovan mientras me ponía de pie en el borde, luego empecé a follarla. Donovan se movió para poder tomarle sus manos y sostenerlas sobre su cabeza, inmovilizándola de nuevo. Si quería más, lo tendría.

10

—Obviamente, Dolly te aceptó otra vez —dijo Donovan, arrancando un bocado de corteza con sus dientes.

La pizza llegó hacía diez minutos y nos la estábamos comiendo sentados en la cama de Donovan. Después de que Nix acabara dentro de mí, Donovan tomó su turno, sentado en el borde de la cama y hizo que lo montara. A pesar de que estábamos los tres juntos, eran amantes diferentes. Besaban diferente, follaban de forma diferente. Incluso sus pollas se sentían diferentes cuando estaban dentro de mí.

No había cuestionamiento de uno en lugar del otro, de elegir. Los quería a los dos, necesitaba lo que cada uno me ofrecía.

Aunque se habían puesto sus calzoncillos —y Donovan un par de pantalones cortos de gimnasio para abrir la puerta— no dejaron que me vistiese y quedé sentada entre ellos con las piernas cruzadas. Desnuda, excepto por la sábana en mi regazo. Era extraño sentarse entre ellos con mis senos justo ahí fuera. Pero con las miradas que me daban mientras comían y la forma en que se sentía mi vagina después de estar con los dos, me sentía... bonita.

Y después de lo que habíamos hecho, bueno, que estuviese sentada desnuda era lo menos por lo que debería sentirme avergonzada. Nix había puesto su dedo en mi trasero. Sonaba ridículamente clínico, pero lo hizo. Y Dios, me gustó. Mi vagina se contrajo al recordar cómo se había sentido. No tenía ni idea de que algo tan... oscuro se sentiría tan bien. Me había corrido como con fuegos artificiales. ¿Qué mujer podría resistirse a la boca de un hombre en su clítoris mientras otro decía cosas muy traviesas en su oído? Oh, y manteniéndome abierta, muy, muy abierta.

Yo era una completa zorra. Y estaba disfrutando cada minuto.

Olvidé lo que Donovan había dicho. Dolly, claro.

—Sí, me aceptó. Después de todo lo que hizo por mí, no fui muy amable con ella cuando me fui a Billings. Me sorprende que fuera tan genial.

—Ella se preocupa por ti —dijo Nix, tomando otra rebanada de la caja.

—No quiero ser mala con mi madre, pero Dolly ha estado ahí para mí. —Los miré a los dos—. Ella sabía de vosotros.

Me miraron fijamente.

—¿Eh? —preguntó Donovan.

Me encogí de hombros.

—Supongo que lo ha sabido todo el tiempo. Dijo que vosotros solíais ir al restaurante solo por mí.

—¿No lo sabías? —preguntó Nix.

—¿De verdad lo hacíais?

—Kitty Kat —Eso fue todo lo que dijo Donovan, como si fuera obvio. Parecía que para todos excepto para mí.

—Guau. Bueno. —Estaba algo nerviosa. Los chicos habían ido al restaurante porque yo les *gustaba*. Y recuerdo haberles servido, muchas veces—. Como sea, sabe que estamos juntos. Pudo saberlo con solo mirarme.

Nix me pasó un dedo por un lado de mi cuello y luego me guiñó un ojo.

—No dejamos ningún chupetón.

Mordisqueé mi trozo mientras levantaba una mano a mi cuello.

—Gracias por eso, pero creo que ella lo esperaba. Estaba esperando.

—Nosotros también —dijo Nix.

—Está contenta de que finalmente estemos juntos. —Parecían un poco perturbados—. ¿Por qué? Pensé... estoy desnuda en la cama con vosotros. ¿Esto no es estar juntos?

Me asusté un poco y la pizza en mi boca de repente sabía a aserrín. Dije algo malo. Asumí demasiado. Dejé caer lo que quedaba de la rebanada en la caja y me moví para levantarme. Dios, ¡fui tan tonta!

Donovan me dio una nalgada en el trasero y me giré sobre mis rodillas.

—Kitty Kat, estamos juntos. Después de lo que acabamos de hacer, ¿lo cuestionas?

—*Siempre* lo cuestiono.

Frunció el ceño.

—¿Por qué? ¿No hemos dejado clara cuál es nuestra posición?

Me encogí un poco de hombros.

—Os veis un poco incómodos o algo así.

—Aún no estamos listos para decirlo, eso es todo —dijo Donovan.

Creía eso, pero había mucha más carga entre nosotros tres que solo estar juntos. Estaba el asesinato, que ni siquiera iba a mencionar ahora. Luego las mismas otras cosas en las que había estado pensando. Creí que tenía todo bajo control, pero definitivamente no. ¿Y en cuanto a ellos?

—Sí, pero... miraos. Grandes, hombres de montaña. Y luego estoy yo.

Donovan me cogió de la muñeca y me tiró sobre su regazo mientras Nix apartaba la caja de pizza.

—¿Qué estás haciendo? —le pregunté, metida en sus muslos robustos, mirándolo por encima de mi hombro.

—Azotándote. Como te he estado diciendo.

Su mano aterrizó en mi trasero, no demasiado fuerte, pero lo suficiente como para hacerme chillar y que me picara.

—¡Donovan!

Lo hizo de nuevo, y luego por tercera vez.

—¿Necesitas más para saber que estamos en esto contigo?

Negué con la cabeza, me picaba el trasero.

—No. No más azotes.

Su mano me separó los muslos y sonrió.

—Sí, pero te encanta. Estás tan mojada.

Fruncí los labios.

—Es por vuestro semen. Vosotros tenéis demasiado.

Donovan gruñó.

—Nix, en el cajón.

Nix se movió para mirar en la mesita de noche. Sacó un paquete pequeño y sonrió. Lo abrió rápidamente, tiró el paquete al suelo y levantó el objeto.

Era un tapón anal. Me apreté instantáneamente pensando en ese objeto de metal brillante dentro de mí. Allí.

Donovan lo sujetó mientras Nix sacaba una pequeña botella de lubricante del cajón.

—Chicos —dije con cautela, tratando de retorcerme en el regazo de Donovan.

—No te muevas, Kitty Kat. Te gustó cuando Nix jugó con tu culo hace un rato, así que esto también te gustará.

No estaba tan segura, y cuando lo puso todo pegajoso y presionó en mi entrada trasera, jadeé.

Nix se acercó para poder jugar con mi vagina mientras Donovan metía el tapón dentro de mí cuidadosamente.

—Puedo sentir todo nuestro semen dentro de ella.

Era demasiado. Estaba muy sensible desde que me corrí antes. Esas terminaciones nerviosas cobraron vida, y ahora me retorcía por una razón completamente diferente.

El tapón se deslizó en su lugar con una estampida silenciosa y supliqué. Sí, supliqué. Estaba tan cerca de correrme, y los dos me estaban tocando. ¿Cómo sabían estimular mi cuerpo tan fácilmente, dándome un placer increíble? Un dedo me rozó el clítoris mientras empujaban el tapón.

Me corrí, apretando el tapón duro y el dedo insistente. El sudor cubrió mi piel y me sentí desenfrenadamente... increíble.

Sus manos se alejaron cuando las sensaciones se calmaron. Era un desastre jadeante, apretado y sudoroso. Otra vez.

Donovan me levantó y me puso entre ellos tan rápido, que mis senos rebotaron, y el tapón se movió profundamente dentro de mí. Gruñó.

—¿Qué? —le pregunté.

Su mirada era oscura, intensa.

—Ver ese tapón abrirte, saber que nuestro semen está dentro de ti, llenándote, saliendo...

Nix se movió en la cama.

—Termina tu pizza. Vas a necesitar tu fuerza.

Fue mi turno de retorcerme porque el tapón me mantenía realmente excitada. Me querían a mí, otra vez, y Dios, yo los quería a ellos. Alcancé mi porción y le di otro mordisco. Quería los orgasmos que sabía que me darían, pero también quería hablar.

—Os preocupa que Dolly sepa de nosotros —dije, volviendo a la incomodidad anterior.

Donovan fue al baño y escuché que abrió el grifo del lavabo. Cuando regresó, tomó su vaso de agua de la mesita de noche y bebió un trago.

—¿Sabes cuánto tiempo hemos querido estar contigo? ¿Fantaseando con follarte, metiéndote un tapón en el culo? Diablos, ¿follarte el culo y el coño al mismo tiempo?

—Yo... —Tuve que asumir que durante el mismo tiempo que yo los quise a ellos.

La mirada pálida de Donovan se fijó en la mía.

—Pero la investigación del asesinato es un problema.

Todo el placer se evaporó. Oh, sí. El asesinato.

—Porque soy sospechosa —respondí.

—Porque si alguien descubre que estamos juntos, el caso podría estar comprometido. —Nix fue al baño y se lavó las manos.

—¿Entonces por qué estamos aquí así?

Nix regresó, sonrió.

—Podría recordártelo, pero el semen que cubre tus muslos está haciendo el trabajo.

—No te olvides de ese precioso trasero con el tapón profundamente adentro —añadió Donovan.

—Chicos —gemí.

—Te queremos. Queremos *casarnos* contigo, y no queremos que el asesinato de Erin se meta en el camino.

La pizza se atascó en mi garganta. Me arrastré hasta el vaso de Donovan y tomé un gran sorbo.

—¿Casarnos? —pregunté finalmente.

Los dos me miraron. Grandes, musculosos, con sus pechos desnudos y abdómenes planos expuestos.

—No eres una aventura de una noche, Kitty Kat.

Como ya habían sido dos noches, no lo creía. ¿Pero casarnos?

—¿Habláis en serio?

Las cejas de Donovan se levantaron y se dio una palmada en el regazo.

—¿Necesitas unos azotes otra vez para creernos? ¿O tal vez un tapón más grande?

———

Tal vez un lunes por la noche era tranquilo y por eso nadie me molestaba en mi turno del restaurante. Pero el almuerzo del martes fue brutal. No porque estuviera concurrido. Aunque hacía más de un año que no era mesera, estaba acostumbrada. A lo que no estaba acostumbrada era a los susurros a mis espaldas.

Es la compañera de cuarto.
¿Cómo pudo haber dormido durante un asesinato?
Tal vez se parece a la loca de su madre.

Las charlas en el restaurante no eran por la cafeína. Eran por mí. Las otras meseras no estaban encantadas de que hubiera regresado y todos los clientes querían sentarse en mi sección.

No porque yo fuera una servidora excepcional, sino porque querían mirarme. Preguntarme directamente, luego dejar propinas de mierda.

—¿Quién crees que mató a Erin Mills? —me preguntó un camionero.

Le serví el café y me pegué una gran sonrisa.

—Solo soy tu mesera, no la policía.

Un grupo de mujeres que parecía que acababan de salir de un estudio bíblico de la iglesia, me miraron por debajo de sus narices, aunque estaban sentadas. Una señora mayor del grupo se encargó de ser la portavoz.

—Jovencita, alguien como tú no debería estar aquí. —Miró a su alrededor para ver a sus amigas asintiendo y continuó—. Dios nos da lo que podemos manejar, y parece que trabajar aquí es todo lo que puedes manejar.

No volví a servirles sus tés helados ni me llevé sus platos terminados. Solo me di vuelta y me dirigí a Dolly.

—La mesa seis es toda tuya.

Miró hacia allá, emitió un sonido y luego asintió.

Todo lo que los clientes estaban haciendo era validar mis debilidades. Tal vez era porque estaba cansada, no porque dos hombres con un fuerte apetito sexual me mantuvieran despierta hasta altas horas de la noche, sino por las dos pesadillas que tuve más tarde. Eran lo mismo: ver a Erin, sentir la sangre, respirar ese olor. No podía escapar, ni en mis sueños ni en la realidad.

Había sido mesera desde la secundaria para llegar a fin de mes. Todavía lo era. No había *nada* malo con ello. Nada. Pero, aunque Dolly era la madre que apenas tuve y el restaurante era como una segunda casa, quise evolucionar. Quería ser planificadora de eventos. Lo había querido durante mucho tiempo. La idea de organizar una fiesta o algo divertido y especial... algo significativo me hacía sentir bien. Tal vez fue porque crecí en una casa que era un completo desastre. Nunca había tenido fiestas de cumpleaños ni nada por el estilo, pero quería que otros tuvieran invitaciones bonitas y fiestas lindas y comidas para comer con los dedos.

Incluso le di la idea a Erin, le dije que sería divertido... y podría pagar las cuentas. Ella tenía el dinero para respaldar la idea, y como le gustaba la fiesta, fue una buena opción.

Y ahora Erin se había ido, su negocio junto con ella, yo no tenía el capital para empezar una empresa propia. Con tener que mantener a mi madre, era aún más difícil salir adelante. Pero los turnos extras en el restaurante ayudarían. Conseguiría el dinero que necesitaba para recuperarme.

Ese era un objetivo que parecía bastante difícil de conseguir. Ese no era mi problema. Algo más grande, algo peor, porque no había final feliz. La llama de la esperanza que había tenido en los últimos dos días se estaba apagando. Todos los susurros y comentarios reforzaron cada duda que tenía sobre estar con Nix y Donovan. Oh, me lo dijeron, me lo mostraron, e incluso me *azotaron* para hacerme saber que lo querían todo conmigo. Incluso habían mencionado el matrimonio, lo cual era una locura.

Realmente querían eso.

Pero estaban pensando con sus penes. El buen sexo hacía que las células cerebrales se fritasen. Podía identificarme. Quizás por eso me quedé con ellos dos noches, escuchando sus promesas de una relación a largo plazo.

No iba a funcionar. No podía. Tan solo los acabaría. ¿Cómo podría no hacerlo? Nix era detective del maldito caso. Si alguien se enterara de que se estaba acostando con una sospechosa…

Y Donovan, cuando el asesino fuera encontrado, el caso entero podría arruinarse ya sea por manipulación de testigos o por un conflicto de intereses. No era abogada, pero hasta yo sabía que esto no estaba bien.

Ambos perderían sus trabajos. Sus carreras. Cutthroat era una ciudad pequeña en medio de Montana. No iban a encontrar otro departamento de policía en al menos cincuenta millas o más. Y la oficina del fiscal más cercana probablemente quedase en Helena.

Consideré todo mientras trabajaba y escuchaba los chismes, y desviaba las preguntas más penetrantes. Me dolía el corazón, porque *casi* había superado la idea de que Nix y Donovan estaban enamorados el uno del otro. Cuando eso se aclaró, tuve la esperanza de que realmente podría funcionar una relación entre nosotros.

Esperanza. Maldición, podría destruir a cualquiera. Y todo lo que tenía para que los tres estuviéramos juntos se estaba desmoronando.

Los amaba. Los amaba lo suficiente como para dejarlos ir porque solo quería lo mejor para ellos. Obviamente no era yo.

La prisa del almuerzo había disminuido cuando el alcalde entró y tomó asiento en la esquina en mi sección. Lo conocía porque era una ciudad pequeña y estaba involucrado con la comunidad, pero también porque era el padre de Donovan. Era solo que nunca antes habíamos estado cara a cara. Hasta ahora.

Puse el menú en la mesa frente a él.

—Hola. ¿Puedo ofrecerle algo de tomar mientras revisa el menú?

Anthony Nash me miró y me ofreció su sonrisa característica. Él y Donovan se parecían tanto que era fácil imaginarse cómo sería Donovan en treinta años. Cuando Donovan me sonreía, lo sentía hasta los dedos de los pies. Era genuino. Cálido. Caliente.

Sin embargo, la sonrisa del alcalde era falsa, dibujada en su rostro porque era lo que hacía. Necesitaba ser amigo de todos los que pudieran votarlo en la ciudad. Era bueno, yo lo votaría, pero tal vez era porque tenía algo auténtico de su hijo lo que permitía ver la diferencia.

—Tomaré una rebanada del pastel de crema de coco de Dolly y una taza de café.

Recogí el menú y asentí.

—Ya se lo traigo.

Regresé con ambas cosas unos minutos después.

—Gracias, Kit.

Me detuve cuando dijo mi nombre.

—Sí, sé quién eres.

—Eso nos pone a la par entonces —respondí.

Se rio.

—Ya veo por qué le gustas a Donovan.

Me quedé congelada.

—¿Disculpe?

—No hay nada malo en divertirse un poco. —Su mirada se apartó de la mía y estudió mi cuerpo. Aunque llevaba una camiseta y unos pantalones, me sentí desnuda. Di un paso atrás—. Follándote a dos hombres. Siempre son las calladas las que resultan ser gatas salvajes. —Me miró con esa sonrisa espeluznante de nuevo en su lugar—. Tal vez te subestimé. —Me miró de nuevo—. ¿Follándote al detective y al fiscal? Manipulación de testigos. Posible manipulación de pruebas. Conflicto de intereses. Tantas maneras para que salgas libre de problemas.

Debería haberme dado la vuelta y huido, pero era como si mis pies estuvieran atornillados al suelo.

—Nix no es mi problema, pero ¿Donovan? Él es mi chico. Ráscate la comezón con otra persona.

Sus palabras groseras fueron un golpe directo a mis emociones ya debilitadas. Pero no iba a dejar que lo notara. De ninguna manera le haría saber que me estaba lastimando. Que me estaba destruyendo.

Era como el señor y la señora Mills, haciendo suposiciones y protegiendo a sus hijos, como si yo fuera a destruirlos. Era de extrañar que Erin, Shane y Donovan hubieran salido tan bien como resultó.

Antes de que pudiera pensar en una respuesta, continuó.

—Donovan va a ser fiscal de distrito. Tiene todo el respaldo que necesita para tener éxito. ¿Pero tú? Lo destruirás. —Se inclinó hacia delante—. ¿Quieres eso?

¿Arruinar sus oportunidades de una carrera por un poco de diversión con su polla?

Inhalé un poco de aire tras sus palabras y finalmente me recompuse para volver a dar un paso atrás.

—Disfrute... disfrute su pastel.

Me fui, atravesé directamente las puertas que se abrían hacia la cocina. Me apoyé en la pared. Dios, no podía dejar de temblar. El alcalde sabía de lo mío con Nix y Donovan. Sabía que habíamos estado juntos las últimas dos noches. Si él lo sabía, ¿quién más lo sabía? Y las cosas que dijo. ¿Nix y Donovan pensaban que estaba con ellos para poder eludir una condena por el asesinato?

—¿Estás bien, cariño? —Dolly me miró mientras pasaba con una caja de nata.

—¿Puedes hacerte cargo de la mesa tres por mí? —pregunté. De ninguna manera iba a estar cerca del señor Nash otra vez.

Frunció el ceño y me miró. Había escuchado todos los susurros y chismes.

—Está bien.

Cuando me dejó sola otra vez, me recosté en la pared. Di por terminado lo mío con Nix y Donovan. Aunque Anthony Nash era un completo imbécil, tenía razón. Yo *arruinaría* a Donovan. A Nix también. Había estado pensándolo todo el tiempo, pero no consideraba porque no quería que fuera verdad. No tuve nada que ver con el asesinato de Erin, pero no importaba. No sabían quién lo hizo y significaba que tenían que seguir las reglas.

Follarme a mí no seguía esas reglas.

Pero ahora, con el alcalde como enemigo, no tenía ninguna posibilidad. Podría arruinar a Donovan. *Y* a Nash.

No, no podría. Lo haría.

Las lágrimas me llenaron los ojos y las limpié con el

dorso de la mano. No podía desmoronarme aquí. Todo el mundo me estaba mirando, evaluando mi culpabilidad.

Sabía lo que tenía que hacer. Me incorporé desde la pared y volví al trabajo, no tenía más remedio que seguir adelante. Sola.

11

ix

—¿Alguna noticia del laboratorio? —le pregunté a Miranski mientras pasaba por su escritorio. Acababa de colgar el teléfono y miró hacia arriba después de garabatear algo en su familiar bloc de notas. Nuestros escritorios estaban metidos en la esquina trasera del piso principal del departamento de policía.

Durante las últimas dos horas había estado en la casa de Erin Mills con la jefa del equipo de la escena del crimen. Me confirmó que habían recogido todo lo que necesitaban y que la casa podría ser devuelta a la familia Mills. Como todas las cosas de Kit todavía estaban en el cuarto de huéspedes, asigné a un oficial para que se asegurara de que sus cosas no fueran botadas. Después de la escena de Keith Mills el día anterior en el vestíbulo, no le permitiría que la molestara.

—Tendrán todo listo para nosotros a las dos —dijo—. Nix...

Me detuve y me volví para mirarla.

—Te dejaron esto.

Sostenía un sobre blanco. Lo tomé y vi mi nombre escrito a mano en el frente.

—Gracias. ¿Puedes ponerte en contacto con Kit Lancaster y decirle que puede sacar sus pertenencias de la casa de los Mills?

Podría haberla llamado yo mismo porque se trataba de un asunto policial, pero no me atreví. Quería escuchar su voz, lo que me hacía un completo sometido. Pero no me atreví.

—Claro.

Fui a mi escritorio, me senté y abrí el sobre. Volví a levantarme cuando leí la nota.

Lo siento, Nix. No va a funcionar entre nosotros tres. Sé que dijeron que sería para siempre, pero dos días es todo lo que tendremos. No intentes hacer que cambie de opinión. Solo empeorará las cosas para ti y para Donovan.

Kit

—Ey, ¿a dónde vas? —me preguntó Miranski cuando salía deprisa.

—A la fiscalía —dije.

—No olvides lo del laboratorio, a las dos —me gritó mientras pasaba por los otros escritorios. Levanté la mano para hacerle saber que la escuché, pero mi mente no estaba en el caso. Estaba en Kit y en lo que escribió.

No creía ni una palabra. Kit estaba en esto con nosotros. Por completo. La había visto cuando le dije que queríamos casarnos con ella. Una sorpresa, definitivamente. Pero también estaba feliz al respecto. Ella quería un para siempre. Por lo que había escuchado de Erin Mills, la información que Miranski había recopilado, había trabajado con un buen número de hombres en Cutthroat. No me importaba una mierda si tenía a un tipo diferente en su cama todas las noches. Una mujer podía hacer lo que quisiera. Pero Kit no era así.

No era una mujer de una noche. Kit quería un para siempre. Joder, ella lo quería con nosotros, e incluso se fue de la ciudad para dejar que Donovan y yo estuviéramos juntos.

Mientras abría la puerta de mi camioneta, puse los ojos en blanco. Donovan y yo estábamos enamorados. Marqué su número en mi teléfono.

—¿Dónde estás? —le pregunté.

—En la oficina —me contestó.

—Nos vemos enfrente de tu oficina en cinco minutos.

Colgué y giré la llave para encender el coche.

No estábamos enamorados el uno del otro, estábamos enamorados de Kit.

Y ahora nos estaba dejando.

Conduje hasta la oficina en la ciudad y aparqué en la acera. Donovan se subió. Llevaba puesta una corbata, lo que significaba que tenía que estar en la corte. Me miró, sabía que algo estaba pasando.

Le di la nota. La escaneó. Maldijo.

Sus ojos se encontraron con los míos.

—Nos está protegiendo.

—La investigación del asesinato —dije como respuesta.

Asintió.

—¿Todavía no la han descartado como sospechosa?

—Miranski confirmó que compró un ticket de lotería a las once y diez. Encaja con la declaración de Kit en cuanto a que regresó a la casa —a la casa de Erin Mills— alrededor de las once y media. Eso significa que Erin aún estaba viva.

—¿Aún no hay hora de la muerte?

—El forense solo ofreció una brecha de cuatro horas. Después de la medianoche.

—Maldición.

—El asesino se encontrará y todo esto se acabará.

—Excepto que somos el fiscal y el detective del caso. Nuestros traseros están en juego.

—No voy a dejar que este caso se interponga en el camino de hacerla nuestra —le dije—. Ya hemos esperado lo suficiente. Ella no tuvo nada que ver con esto.

Se pasó una mano por la cara.

—Lo sé. Tú lo sabes. Pero no hay pruebas que lo demuestren.

—Todavía.

—Todavía —repitió.

Puse mi mano en el volante.

—¿Por qué demonios no podemos tener a la mujer que queremos? ¿Por qué no puede ser jodidamente simple?

No respondió.

—Vamos a hablar con ella.

Ahora estaba hablando.

Puse la camioneta en marcha y me dirigí al restaurante. Asumí que Kit estaría trabajando.

—Aprenderá que la vamos a proteger si está con nosotros.

KIT

. . .

Oscuridad en la montaña

SABÍA que no permitirían que me marchase. Sabía que la nota no les había dado las respuestas que necesitaban. No había ninguna respuesta, ninguna que alguno de nosotros quisiera escuchar. Ninguna que nos permitiera estar juntos.

No podía permitir que lo perdieran todo. Sabía cómo era, y no se lo desearía a nadie. Yo no valía la pena.

Cuando vi la camioneta entrar en el aparcamiento —gracias a Dios que estaba sirviendo más café— prácticamente corrí de vuelta a la máquina de café y dejé la cafetera. Dolly salió de la cocina y caminé directo hacia ella, bloqueando su camino hacia la caja de pasteles.

—Tienes que cubrirme.

Frunció el ceño.

—¿Qué?

Miré por encima de mi hombro, vi a Nix y a Donovan dirigiéndose hacia la entrada. Dios, se veían bien. Grandes, musculosos, serios. Y furiosos.

La mirada de Dolly fue hacia detrás de mí.

—Rompí con ellos. —Ella sabía con quiénes.

—¿Qué? ¿Por qué?

La respuesta tomaría mucho tiempo más que los veinte segundos antes de que llegaran al restaurante. Le cogí la mano y se la apreté.

—No estoy aquí. Por favor, Dolly.

No le di la oportunidad de que dijera que no aceptara cubrirme, solo corrí detrás del mostrador antes de que ambos pudieran verme y me senté en el suelo, escondiendo mis rodillas.

Dolly se acercó y me miró fijamente como si me hubiera salido una segunda cabeza.

—Por favor —le supliqué. No podía enfrentarlos ni hablar con ellos. Sería muy difícil alejarlos y hacer lo correcto. El restaurante era como la Gran Estación Central de Cutthroat, y no iba a poner mi vida amorosa al frente y en el centro para que todos la vieran. Para que hablaran del tema. Podían hablar todo lo que quisieran de mí, difundir chismes sobre mi implicación en el asesinato de Erin. No iba a arrastrar a Nix y a Donovan en esto.

Esa era la razón por la que los dejé en primer lugar.

Quizás Dolly pudo sentir lo frenética que estaba porque se giró y miró alrededor del restaurante. Podía ver sus brazos moviéndose, probablemente limpiando los saleros y pimenteros para parecer ocupada.

—Caballeros, estáis muy guapos hoy.

Estaban allí. *Justo allí*, al otro lado del mostrador. Quería aparecer y arrojarme sobre ellos. Que me abrazaran y me dijeran que todo iba a salir bien.

—Nos gustaría hablar con Kit.

Oí el tono profundo de la voz de Nix y mis pezones se endurecieron.

—No está aquí —contestó Dolly.

—Su coche está en el aparcamiento.

Mierda, lo estaba.

—Se llevó la camioneta a la tienda. Nos quedamos sin toallas de papel para los baños. —Dolly era una mentirosa impresionante—. No vais a lastimar a mi chica, ¿verdad?

¿Qué estaba haciendo? Mi boca se abrió y le di un golpe en el tobillo.

—Eso es lo último que queremos hacer —dijo Donovan.

Debió de haber estado satisfecha con la respuesta, porque cambió de tema.

—¿Alguna novedad sobre el asesinato?

—No podemos hablar sobre un caso abierto —dijo Nix.

—¿Por qué no? Todos los demás lo hacen —replicó, refiriéndose a los continuos chismes entre los clientes—. Algunas personas dicen que Kit lo hizo.

Nadie habló por un momento.

—Kit no mató a Erin Mills —le dijo Nix. Su voz era aún más profunda de lo normal.

—Entonces, ¿la descartaron como sospechosa?

Contuve la respiración.

—Aún no. La otra detective debería haberla llamado para decirle que puede recoger sus cosas en la casa de Erin.

—Me aseguraré de que lo sepa.

—Asegúrese de que se quede en un lugar seguro esta noche —le dijo Donovan.

—Si no estuvieras diciéndolo porque estás preocupado por ella, diría que me estás faltando el respeto, jovencito. Se quedará conmigo y con Clyde hasta que encuentre algo.

—Gracias —murmuró Donovan.

—Si queréis estar con Kit, entonces debéis descartarla como sospechosa —Conocía bien el tono de Dolly. Era su voz de *no te metas conmigo*.

—Sí, señora —contestó Donovan—. Cuando vea a Kit, dígale que pasamos por aquí.

—Lo haré.

Treinta segundos más tarde, Dolly se giró, puso sus manos en sus caderas y me miró.

—¿Qué les hiciste a esos dos? Parecían listos para ser colgados.

Asumí que se habían ido y me levanté del suelo.

—Rompí con ellos.

Frunció los labios y me estudió.

—Nunca puedes hacer nada de la manera fácil.

Era muy cierto.

—Esos hombres te aman.

Mi corazón saltó ante sus palabras. ¿Lo hacían? No habían dicho tanto, pero habían pasado *dos* días. Sabía cómo me sentía yo, ¿pero ellos? No lo creía. No *podía* hacerlo. Me dolería demasiado. Negué con la cabeza y ella levantó la mano.

—Te aman. Sé por qué lo hiciste, por qué los rechazaste. Ojalá pudieras conseguir lo que quieres por una vez. Y si son dos hombres de montaña sexys, que así sea.

Traté de sonreír, pero fue difícil. Mi corazón salió por la puerta tras Nix y Donovan.

—Yo también, Dolly. Yo también.

12

ONOVAN

Dos noches con Kit y ya no podía dormir sin ella. Mi cama se sentía vacía. Me alivié la erección en la ducha con la mano, pero no era lo mismo que su vagina caliente, y mis pelotas seguían jodidamente azules. La quería a ella. La necesitaba.

Miré mi cama sin hacer, recordé lo que habíamos hecho los tres allí la otra noche.

No era solo el sexo con ella lo que anhelaba, sino su sonrisa. Su calidez que suavizaba todos mis rasgos ásperos. Ella era luz donde yo tenía oscuridad. Podría sonar como un maldito poeta, pero ella lo era todo.

Kit se había metido en esto, había estado con nosotros en esta relación. No le habíamos mentido, no habíamos jugado ningún juego. Solo dos días juntos, pero la relación entre nosotros tres había estado hirviendo a fuego lento por más de un año. Más tiempo incluso. ¿Qué niño veía a una chica al otro lado de la escuela y la quería para siempre?

Yo.

Nix también.

Había costado demasiado llegar a este punto. Cuando le dijimos que queríamos casarnos con ella, lo dijimos en serio.

Este maldito caso lo arruinaba todo. Ciertamente sonaba mezquino pensando en mi vida amorosa cuando Erin Mills se hallaba en una camilla en la morgue, pero lo que Nix y yo teníamos con Kit no tenía nada que ver con el caso, ni con lo que le pasó a Erin.

Puse mi taza de café vacía en el fregadero y apagué la luz de la cocina.

Demonios, el caso lo estaba arruinando todo. La única línea de la nota de Kit, *esto solo empeorará las cosas para ti y Donovan*, me dijo todo lo que necesitaba saber.

Se estaba sacrificando por nosotros. Así no era como iba a funcionar. De ninguna manera. Nuestra chica no podía decidir una mierda como esa por su cuenta. No podía decidir lo que hacía con mi trabajo, lo que Nix hacía con el suyo. Sin embargo, lo había hecho.

Tomé mis llaves y salí de mi apartamento. Nix estaba afuera apoyado en su camioneta.

—Parece que dormiste tan bien como yo —me quejé acercándome a él.

Su cabello era un desastre, como si se lo hubiera arreglado con la mano, y tenía ojeras debajo de los ojos. No se decía que, aunque habíamos pasado dos noches en la cama juntos —desnudos— había sido por Kit. Para Kit. *Con* Kit. No tenía ningún interés en Nix. No jugaba para ese equipo. Teníamos un interés compartido en nuestra mujer. En hacerla feliz, *mantenerla* feliz. Y como había dos penes dentro de sus preferencias, nos desnudamos y le dimos lo que quería.

—¿Dormiste? —preguntó, tomando un sorbo de su taza de café para llevar—. Esto no va a funcionar.

—¿Qué no va a funcionar? —Prácticamente gruñí. Si iba a estar de acuerdo con Kit, iba a tener un ojo morado.

Levantó una mano.

—Escúchame, idiota. Rompió con nosotros para protegernos.

—Sí —dije, esperando algo que no supiera. Estaba muy enfadado y no tenía tiempo para esperar a que pusiera su trasero en marcha.

—Deberíamos estar juntos, pase lo que pase.

En eso estaba de acuerdo.

—Pero ella está tratando de protegernos —le dije—. Por nuestros trabajos.

—Exactamente. Siempre supimos que estar con ella mientras trabajábamos en el caso de Erin Mills no era una buena idea.

—Pero lo hicimos de todos modos —agregué—. ¿Por qué debería separarnos? No es justo.

Nix sonrió.

—Esto no es una escuela infantil. Creo que Miranski tiene una idea sobre nosotros tres, pero no ha dicho nada. Si mi jefe se enterara por los canales incorrectos... enfurecería.

Podía imaginarlo.

—Hay un conflicto épico de intereses de mi parte. Cualquier caso contra Kit podría ser desestimado solo por imparcialidad.

—La razón por la que no deberíamos estar juntos —respondió.

—A la mierda con eso.

Una pareja que pasaba me miró raro por mi

vehemencia. Me pasé la mano por la cabeza y me acerqué a Nix.

—Voy a renunciar —dije.

Se congeló.

—¿Hablas en serio?

Me metí las manos en los bolsillos de los pantalones.

—Súper.

—Bien.

Mis cejas se elevaron.

—No es lo que esperaba oír.

—Llamé a mi jefe. Le dije que tenía una relación con Kit, una sospechosa, que había estado sucediendo por un tiempo y que esa situación no iba a cambiar.

—Pensé que habías dicho que enfurecería cuando se enterara.

—Si se enterara por alguien más aparte de mí. Kit vale lo que sea que quiera hacerme. No quiero ocultar lo que tenemos.

—Mierda. ¿Te despidieron?

—Quería despedirme. Quería suspenderme. Pero no puede. No con el caso de asesinato. —Se rio y se frotó la nuca—. Puso a Miranski en el caso Mills. Yo voy a abordar todos los demás. No está feliz, pero sobrevivirá. Solo han pasado cuarenta y ocho horas desde que la encontraron. Le entregué mis notas. Miranski dirigió el interrogatorio de Kit. Todo está grabado y es legal. Puede que Keith Mills haya estado molestando, pero solo sería un problema para tu oficina... *si* ella estuviera bajo arresto por el crimen.

Suspiré, porque nunca iba a suceder.

—Lo cual no va a pasar.

—¿Vas a renunciar? —me preguntó, volviendo a mi anterior anuncio.

—He sido el peón de mi padre en la oficina del fiscal todo el tiempo.

—No ganaste los casos por tu padre.

—No, pero aumenté mi currículum porque mi padre es el alcalde. Tiene planes para mí.

Me estudió y esperé a que él conectara los puntos.

—El alcalde y su futuro fiscal. Nash y Nash.

—Exactamente.

—¿No quieres ser su mano derecha? —Las palabras estaban llenas de sarcasmo. Nix conocía bien a papá, sabía lo astuto que era.

—Empezaré mi propio trabajo. No estará feliz, pero su felicidad no es asunto mío.

—La de Kit lo es —contestó, levantándose del costado de su camioneta.

—Así es. Tengo que correr. Es hora de ver que todo se vaya a la mierda.

No podía estar más feliz.

―――

KIT

Estaba haciendo lo que tenía que hacer. Pasé la noche en el sofá de Dolly. Había dormido allí antes, durante la escuela secundaria, cuando mi mamá estaba en uno de sus estados de ánimo maníacos o en el hospital en una evaluación psicológica. Pero no había estado triste por dos hombres, ni había tenido pensamientos lujuriosos con ellos que me hubieran hecho deslizar las manos bajo mis pantaloncillos de dormir, dejándome insatisfecha. Tampoco había tenido pesadillas con que mi amiga fuera asesinada.

Entre llorar por lo que no podía tener y despertarme con miedo de ser la siguiente en la lista del asesino, apenas había dormido.

Afortunadamente, el maquillaje cubría la mayor parte de los ojos hinchados y las ojeras. No tenía que pensar demasiado durante el trabajo en el restaurante. No era que fuera fácil, sino que, además del año que estuve en Billings, había trabajado allí durante una década.

El interminable café negro tampoco me haría daño. Y mientras me ofrecía el estímulo que necesitaba, el ajetreo de la hora del almuerzo me ayudó a distraerme.

Me habían molestado los susurros y chismes de los clientes el día anterior, ahora apenas los escuchaba. Si lo hacía, no me importaba. Descubrí algo que dolía más que la gente pensara que era una asesina. Y era decir mucho.

Como algo salido de una película romántica, pensé que tal vez Nix o Donovan volverían. Me arrastrarían por los pies y me llevarían para que tuviese un final feliz. Me encantaba ver los finales perfectos en el cine y leer sobre ellos en los libros, pero no sucedía en la vida real. No a mí.

—¿Cómo lo llevas? —me preguntó Dolly. Me encogí de hombros mientras cerraba otra cuanta en el ordenador, arrancando la factura de la pequeña impresora—. Eso pensaba. Escucha, Wendy y Sally han estado hablando.

—¿Sobre mí? —le pregunté, mirando a las otras dos meseras al otro lado del restaurante.

Una tomaba un pedido y la otra cargaba bebidas en la máquina de refrescos.

—No de esa manera —me regañó Dolly—. La hermana de Wendy se comprometió el fin de semana y quiere que planifiques una fiesta para ella.

—¿Qué?

—Tú eres una planificadora de eventos, ¿no es así? —me preguntó.

—Ya no —respondí.

El timbre de la campana sonó. La vajilla de plata resonó mientras los clientes charlaban.

—Todavía lo eres —me dijo—. No perdiste tus habilidades con Erin.

—Sí, pero... pero...

—¿Pero qué?

«Pero ¿quién querría que la sospechosa de un asesinato planeara la fiesta de su bebé?».

Wendy se acercó con una mirada muy esperanzada en su bonito rostro.

—Por favor, di que lo harás. —Wendy estaba cuatro años detrás de mí en la escuela, pero había estado trabajando en Dolly's por unos años y nos llevábamos bien.

—¿No te preocupa?

Frunció el ceño.

—¿Conoces a mi madre? Quiere jugar a ser anfitriona en su patio trasero, adornarlo con serpentinas y poner su caldero lleno de mini *hot dogs* a la barbacoa, agregar una salsa de frijoles de siete capas y dejar el partido de fútbol en la televisión de fondo.

No quería avergonzarme e insultar a su madre, pero vaya.

—Probablemente pueda superarla —dije.

Sonrió.

—Me has salvado la vida. Y la de mi madre, porque mi hermana probablemente la hubiese matado. Te pondré al tanto de los detalles y organizaré un encuentro para que conozcas a mi hermana.

Un cliente en una de sus mesas le hizo señas y Wendy se fue.

—Un evento a la vez, cariño, y tu empresa despegará. Solo espera y verás.

Dolly me dio unas palmaditas en el brazo y volvió al trabajo.

Mi sección para el turno era el mostrador del almuerzo. Quienes venían solos solían ocupar un lugar allí. Caminé por la fila repartiendo las cuentas y revisando los reabastecimientos de bebidas.

Haciendo mi trabajo, vi a Lucas Mills que tomaba asiento en un lugar libre en la fila.

Lucas. No lo había visto en mucho tiempo, desde mucho antes de irme a Billings. Salimos después de la secundaria. Era dulce. Amable. El primero al que le *gusté* de verdad. A los diecinueve años, tuvimos nuestra primera vez juntos. Me sorprendió cuando me dijo que nunca había estado con nadie. Era tan atractivo con su cabello rubio y su sonrisa asesina, que esperaba que hubiera tenido suerte antes de mí.

Pero no lo había hecho y aunque fue dulce... sí, esa palabra de nuevo, fue incómodo. Y me dolió. No tenía ninguna duda de que había trabajado en su técnica desde aquella noche lejana en el tiempo. Se le veía más guapo que nunca, y tampoco dudaba que tuviera novia.

Lo amé una vez. O pensé que lo amaba. Tal vez fue algo como el primer amor, más sorpresa y vértigo, deseo espumoso y necesidad de aliento. Pero no fue profundo. Ahora podía comprenderlo.

Nix y Donovan me habían mostrado no solo cómo era el sexo real, sino también cómo se sentía el amor real. Era maravilloso. Y horrible.

Lucas me vio y me ofreció una sonrisa. Me dirigí hacia él, dándome cuenta de que había mucho más que el mostrador entre nosotros; su hermana había sido asesinada. Fui una de las últimas personas que la vio con vida. Y era sospechosa. ¿Qué hacía aquí en un momento tan terrible para su familia?

—Kit.

—Lucas. Es... Dios, siento mucho lo de Erin.

Me dio una sonrisa triste. Él y Erin se parecían mucho. Rubios, de ojos azules. Incluso la misma forma de cara. Erin era alta, pero no estaba ni cerca de Lucas. Él se alistó en el ejército —la razón por la cual no seguimos juntos— y eso hizo que se pusiera más robusto. Regresó a la ciudad hace unos años, pero no perdió ni un poco de músculo.

—Sí, lo sé. Erin estaba entusiasmada con que volvieras y trabajaras con ella.

Me golpeó una punzada de tristeza.

—Fue bueno.

—No éramos tan cercanos, ella y yo —admitió—. No desde que volví. Ella estaba... diferente.

Sabía de lo que hablaba. Aunque Erin no había tenido toneladas de responsabilidad debido a su dinero, se había vuelto... imprudente en los últimos años. Muchos hombres. Fiestas. No podía seguirle el ritmo. No quise hacerlo. Conocía a Lucas, al menos la versión más joven. Escuché que había sido asignado a Afganistán y que se había lesionado. Tuvo una mala racha por un tiempo antes de fundar su organización sin fines de lucro. Antes era callado e introvertido, pero si se las arregló con su asignación, probablemente tampoco podría haberle seguido el ritmo a Erin.

—Eso no lo hace más fácil —ofrecí—. Ella era especial para mucha gente.

Era verdad. Cada palabra. Tan solo no sabía qué más decir. «Yo no lo hice» no iba a funcionar. Su hermana fue asesinada. No se trataba de mí.

—¿Puedo ofrecerte una taza de café? —le pregunté, recordando por qué estaba aquí.

—Claro.

Me di la vuelta y tomé una taza, un plato y la cafetera. Cuando le estaba sirviendo, se abrió la puerta de entrada.

—¡Lucas!

Era Keith Mills. Joder.

Se acercó furioso a su hijo.

—¿Qué estás haciendo aquí?

Lucas levantó su taza.

—Tomando café.

—¿Con ella? ¿Estás loco? ¡Ella mató a Erin!

Se podía escuchar hasta el crujido de una galleta en el restaurante. Todo el mundo nos estaba mirando.

—Señor Mills, yo no...

Su mirada se levantó hacia la mía, llena de un odio que nunca antes había visto. Se veía tan arreglado como siempre, con sus pantalones planchados y su camisa de golf, pero tenía un aire salvaje. Sabía que las personas que perdían a sus hijos se volvían locas de dolor. Algunos se volvían un poco locos. ¿Pero esto? Toda su aflicción y frustración por el asesinato de Erin parecían dirigidos únicamente a mí.

—No quiero escucharte —gritó—. Son mentiras, todo es mentira. Tienes gente que cree en tu dulce e inocente actuación, pero yo no lo haré.

Lucas se puso de pie lentamente, se interpuso entre su padre y yo, como si el mostrador no fuera suficiente.

—Ella no mató a Erin —dijo Lucas.

El señor Mills dirigió su ira hacia Lucas.

—¡Tú no lo sabes!

—Tú tampoco sabes si ella lo hizo —respondió calmadamente. Estaba de espaldas hacia mí, y fácilmente podía advertir su postura calmada en comparación con la tensión de su padre—. Si lo supieras, se lo habrías dicho a la policía y la habrían arrestado.

—Ha sido una amenaza para nuestra familia durante años.

Lucas negó con la cabeza.

—Ha sido una amiga.

—¿Amiga? Tú eres el único que puede hablar. —El

señor Mills lo señaló—. Te tenía jadeando por ella y te cogió fuerte de las pelotas hasta que te fuiste al extranjero.

—Sí, papá. Tuve que ir a la guerra para escapar de sus garras despiadadas.

El señor Mills se limpió la boca con el dorso de la mano.

—Es una avariciosa...

—No lo digas, Mills, o haré que te arresten por difamación. —La detective Miranski estaba parada detrás del señor Mills con las manos en las caderas. Era alta para ser mujer, pero no tan grande como Keith Mills. Pero, si tuviera que apostar a quién ganaría una pelea a puñetazos, la apoyaría. Llevaba la pistola de servicio en su cadera.

—Ella... —comenzó el señor Mills.

—Ella no mató a su hija —continuó Miranski, lo suficientemente fuerte como para que todos en el restaurante la oyeran claramente. Aunque no era de Cutthroat, tenía la edad suficiente para que me la hubiera encontrado con frecuencia. Aun así, sabía cómo funcionaban las ciudades pequeñas, que la mejor manera de obtener información precisa era difundiéndola uno mismo, y que el restaurante era el lugar perfecto para hacerlo. Debido a su arrebato, Keith Mills le había dado la oportunidad perfecta.

Mis ojos se abrieron de par en par ante su declaración. Había seguido las reglas hasta ahora. Emitir semejante declaración significaba...

—¡No lo sabes! —gritó el señor Mills.

—En realidad, sí. Un hombre confesó el asesinato. Está en la cárcel ahora mismo.

13

ONOVAN

—Donnie —dijo papá cuando me vio.

Caminaba por el pasillo con un hombre y una mujer, pero se disculpó para hablar conmigo, y yo lo esperaba apoyado sobre la pared exterior de su oficina. El edificio de la ciudad fue construido a finales del siglo XIX. Hecho de ladrillos, tenía techos altos, ventanales grandes y pisos de madera. Había sido renovado hace aproximadamente una década para cumplir con los estándares de preservación histórica, pero también para ser eficiente con el uso de la energía. El único cambio hacia el exterior del lugar fue la adición de un ascensor en los años sesenta.

—Estás en el piso equivocado.

—Vine a decirte algo.

Miró su reloj.

—Tengo unos minutos.

—Pensé en tener la cortesía de decírtelo yo antes de que te lo dijera otra persona.

Levantó una ceja.

—¿Ah?

—Renuncio.

Su cara se aflojó y se acercó.

—¿Tú qué? —susurró.

—Renuncio.

Miró en ambas direcciones por el pasillo.

—Te escuché la primera vez. ¿Por qué?

—Como agradecimiento.

Frunció el ceño.

—¿Un agradecimiento? ¿De qué demonios estás hablando?

Ah, las groserías. Estaba enojado. Como si me importara.

—Pensé que no querrías el escándalo de que un fiscal tenga una relación con una sospechosa, y cuando sea descartada como tal, con una testigo en un juicio por asesinato.

Sus ojos se encendieron al darse cuenta rápidamente.

—Sé que te estás follando a Kit Lancaster, pero...

—Lo estoy. —No tenía quince años. Aunque no era de dar besos y contarlo, negar esto no iba a funcionar aquí, especialmente cuando sabía que mi papá me vigilaba, que había gente leal a él observándome a mí, su propio hijo.

—Por todos los cielos, hay vaginas por todos lados en esta ciudad. Tú eres mi hijo. Eres un Nash. Podemos tener cualquier mujer que queramos.

No tenía ningún interés en responder a esa declaración o en conocer a las mujeres con las que se acostaba.

—Quiero a Kit.

—Ella no puede valer tanto como para que arrojes tu carrera por la borda.

Asentí.

—Lo vale. La amo y me voy a casar con ella.

Una vena se marcó en su frente.

—Éticamente, tendría que retirarme del caso Mills. No puedo ser imparcial cuando se trata de ella. Kit no lo hizo.

—No lo sabes.

—Sí, lo sé.

—Te estás alejando del hecho de llegar a fiscal de distrito.

—Me estoy alejando de ser tu marioneta —respondí.

—¿Marioneta? Seríamos perfectos juntos. Manteniendo la ciudad a salvo.

—Tú quieres el poder. Yo quiero justicia.

Se burló de mis palabras. Se puso las manos en las caderas y caminó en círculo.

—¿Qué vas a hacer ahora?

—Dejaré la placa.

—Estás cometiendo un gran error —respondió.

Era muy obvio que no iba a venir a nuestra boda.

Nix bajó por el pasillo a toda velocidad y se detuvo frente a nosotros. Asintió a papá y luego me miró a mí.

—Un hombre se entregó y confesó haber matado a Erin Mills. Miranski y el jefe lo interrogaron. Él lo hizo.

El alivio me recorrió. Kit estaba a salvo. Ya no era sospechosa. Eso significaba que podíamos estar juntos.

—Entonces podemos ir a buscar a nuestra chica.

Nix asintió.

—Así es.

—¿De qué estás hablando? —preguntó papá.

Le miré, le vi diferente por primera vez. Me había quitado un peso de encima. No porque el asesino hubiese sido capturado, sino porque ya no estaba considerando a mi padre en ninguna de mis decisiones. Estaba emocionado por renunciar. Cutthroat no era una urbe como Nueva York, y cuando hacía mi trabajo, se le informaba a un jefe. Y mi jefe le informaba a papá.

Estaba libre de esa mierda ahora, libre de la política que venía con la oficina del fiscal, con mi padre.

—Oh, olvidé decirte —le dije a mi papá—. Puede que hayas sabido sobre Kit y yo, pero Nix se la está follando también. Los dos nos vamos a casar con ella.

La mirada en el rostro de papá no tenía precio.

—¿Qué se supone que le voy a decir a la gente?

Me reí y le di una palmada en el hombro.

—Como el alcalde de una ciudad moderna, en progreso, diría que estás emocionado porque tu hijo encontró el amor y que Kittredge Lancaster es una gran mujer, si ha capturado el corazón de no solo un hombre, sino dos.

———

KIT

Después de que la detective Miranski se fuera, acompañando al señor Mills hasta su coche y asegurándose de que se alejara del aparcamiento del restaurante antes de irse ella misma, entré en el depósito y lloré.

Lloré por Erin, cuyo final fue por un hombre que ahora estaba bajo custodia. Aunque Miranski informó abiertamente a los presentes que un hombre había sido arrestado por el crimen, no había dado el porqué del caso. ¿Por qué la había matado? ¿Quién era el hombre y cuál era su relación con Erin?

Todo saldría a la luz pronto, pero por ahora, me sentía aliviada de que el tío ese estuviera en la cárcel. Aliviada de que no me hubiera perseguido, aunque era sólo una suposición. Lloré por mi amiga, por lo que pudo haber sido.

También lloré por mí misma. Por perder a una amiga. Un trabajo. Por mi madre que todavía era un desastre, y por lo que podría haber sido de ella si no hubiera estado tan consumida por su enfermedad mental. Por encontrar el amor con Nix y Donovan y perderlo. Por dejarlos.

Por todo.

Estaba de vuelta en Cutthroat donde pertenecía. Podía evitar al señor y a la señora Mills, lo había hecho durante años. Quizás tan solo era una codiciosa para él ahora y no una asesina. Y sí, corrompí a Lucas completamente al robarme su virginidad, pero él no lo vería de esa manera. En cuanto a cualquier persona que me odiara... podían irse a la mierda.

Tenía a Dolly. A Clyde. A las otras señoras del restaurante con las que había sido amable pero que rompimos los lazos cuando me mudé. Tenía mi primer trabajo como organizadora de eventos. Todo por mi cuenta.

No era mucho, pero era algo. No necesitaba ir a lo grande, simplemente necesitaba seguir adelante.

¿En cuanto a Nix y Donovan? Joder, iba a ser muy difícil cuando los viera caminar por la calle, o en un restaurante, saliendo con alguien más tras haber superado la relación conmigo. O verlos cuando se casaran con otra mujer.

Me limpié las lágrimas. Hice lo correcto. Lo había hecho.

Pero dolía como el infierno.

La puerta del depósito se abrió de golpe y salté en un pie.

Eran Nix y Donovan, uno al lado del otro, bloqueando mi camino completamente.

—¿Qué...qué están haciendo aquí?

—Reclamando a nuestra mujer —dijo Donovan.

«Reclamando...».

—¿Qué? —le contesté.

Donovan entró en la sala, Nix lo siguió. Cerró la puerta, se apoyó en ella con los brazos cruzados.

—Estamos aquí para recuperarte.

Mi corazón prácticamente latía fuera de mi pecho. Me querían a mí. Vinieron a por mí.

—Pero el asesino...

—Está en la cárcel. Confesó —dijo Nix.

—Lo sé, pero ¿por qué? ¿Cómo? —Tenía tantas preguntas.

—El nombre del tío es Dennis Seaborn. Treinta y tantos. Habían tenido una aventura con Erin y ella lo dejó por otro. Estaba celoso. Describió la boda que habéis organizado y que siguió a Erin a casa. Como ella no lo aceptó, él la golpeó con el trofeo con rabia.

—Pero yo no escuché nada —respondí, confundida por cómo había sido posible.

Nix se encogió de hombros.

—No sé los detalles. Miranski y el jefe están en ello. Todo lo que sé es que todo encaja con lo que dijo el forense. La hora de la muerte, todo.

—Ahora ya no hay excusas para que nos hagas a un lado —dijo Donovan.

Negué con la cabeza.

—No. Dios, por favor. No. Es demasiado duro.

Donovan sonrió y me limpió una lágrima con su pulgar.

—Es fácil, Kitty Kat. Solo di que sí.

Me tragué un nudo en la garganta.

—No puedo.

—¿Por qué no? ¿Ya no nos quieres?

Negué con la cabeza y me di cuenta de que ese era el problema.

—No, sí os quiero. Es solo que...

—¿Qué, Kit? —preguntó Nix. Tenía su cara de policía, con la que escondía todas sus emociones.

Yo era una llorona fea, un desastre total con las mejillas manchadas, los ojos hinchados y la nariz hinchada.

—No dejaré que arriesguéis tanto por mí.

Nix se levantó de la puerta.

—A Donovan es a quien le gusta darte nalgadas en el culo, pero la palma de mi mano tiene un tic. ¿Desde cuándo decides lo que Donovan y yo hacemos con nuestros trabajos? ¿Con nuestros sentimientos por ti?

—¡Os despedirían! —grité—. Habéis trabajado tan duro por lo que habéis logrado y no dejaré que os sea arrebatado.

—¿Por qué? ¿Porque tú lo has hecho?

Levanté las manos.

—¡Sí!

—¿Así que nos quitarás aún más...?

Miré el suelo de linóleo a mis pies.

—Sí.

—No —dijo Donovan—. ¿Nos amas, Kitty Kat?

Lo miré a sus expresivos ojos. Lo vi todo allí. Calor, necesidad, frustración. Amor.

—Sí —susurré.

Una sonrisa se extendió por su rostro y su mano se enganchó detrás de mi cabeza, y me atrajo para besarme. Dios, su boca se sentía tan bien contra la mía. Suave y cálida, atrevida y salvaje.

Cuando se retiró, mi mente quedó nublada y mis dedos enroscados en la parte delantera de su camisa.

—Es todo lo que importa —murmuró besando mi frente—. Porque te amo.

—Y si él se apartara del camino, te mostraría lo mucho que también te amo —añadió Nix, golpeando el hombro de Donovan para que se moviera.

Solté a Donovan y Nix se abalanzó sobre mí y me tiró a sus brazos. Me besó con desenfreno.

—No hemos resuelto nada.

—Yo diría que amarnos unos a otros es un maldito buen comienzo —dijo Nix.

Lo era, pero los mismos problemas persistían.

—Renuncié a mi trabajo.

Me encontré con la mirada de Donovan después de procesar sus palabras.

—¿Por qué? Oh, Donovan, no.

—Y yo le conté a mi jefe de nosotros. Ya no estoy en el caso de Erin.

—Pero el asesino está en la cárcel. Miranski lo dijo.

—Lo está —confirmó Nix—. Mi renuncia no tiene nada que ver con el arresto.

Fruncí el ceño.

—Renuncié antes de que el tío se entregara —dijo Donovan.

—Una vez más, ¿por qué? —pregunté.

—Porque nos dejaste para protegernos. Nos molestó saber que nos estabas protegiendo de *ti*.

Aparté la mirada.

—Lo estaba —admití. Nix prácticamente gruñó, colocó sus manos en mis hombros e hizo que lo mirase.

—¡Nosotros te protegemos a ti!

—Hiciste que nos diéramos cuenta de lo que es importante. No quiero seguir siendo un peón para mi padre. Así que me fui.

—Puedo ser un empleado de limpieza de parquímetros si tú estás a mi lado —agregó Nix.

La imagen me hizo sonreír.

—Ahí está mi chica —murmuró Donovan, acariciándome la mejilla otra vez—. Sabíamos que eras inocente. Ahora todos lo saben también.

—¿No extrañarás tu trabajo? —pregunté.

Negó con la cabeza.

—Empezaré mi propio negocio. ¿Conoces a alguien que pueda planear una gran celebración de apertura?

Con eso, mi corazón se abrió de nuevo. La miseria se evaporó como la niebla matutina bajo el sol. Amaba a estos hombres. Ellos me amaban a mí.

—Queremos todo, Kit —dijo Nix—. Basta de que te sacrifiques. Estamos juntos en esto.

Asentí.

—Juntos.

—Vámonos —dijo Donovan, abriendo la puerta, tomando mi mano y llevándome por el pasillo hasta la puerta trasera.

—¡Espera! Tengo que terminar mi turno.

No se detuvo.

—Dolly te está cubriendo —dijo Nix, siguiendo justo detrás—. Y con lo que planeamos hacer contigo, el depósito no va a funcionar.

14

IX

—Vamos a necesitar una casa nueva —dije mientras le quitaba la camiseta a Kit por encima de su cabeza.

Estaba impresionado de que lográramos llegar a mi casa sin detenernos para follarla.

No había estado dentro de ella por más de un día. Demasiado tiempo. Sabía que Donovan estaba igual de desesperado, pero ya nada se interponía entre nosotros. No me había masturbado porque sabía que la recuperaríamos. Solo era cuestión de tiempo. Y ahora mis pelotas estaban llenas para ella.

—Esta casa es demasiado pequeña para los tres —añadió Donovan—. Mi apartamento es demasiado estéril. Demasiado pequeño.

Mientras los dedos de Donovan abrían sus pantalones, ella se rio y movió las caderas para ayudarlo.

—Tu apartamento es considerablemente grande.

—No para los cuatro hijos que queremos.

Se congeló.

—¿Cuatro hijos? ¿Quieres… *cuatro*?

Donovan sonrió.

—Cuatro.

Me miró.

—Está bien para mí —respondí.

—¿Podemos tan sólo, um, practicar por ahora?

Donovan me miró.

—Joder, sí, podemos practicar.

Sonrió, apartó las manos de Donovan.

—Bien. Quitaos la ropa. Deprisa —dijo mientras usaba sus pies para bajar sus pantalones y quitárselos. Con dedos hábiles, se quitó el sujetador y las bragas—. Daos prisa —repitió cuando nos detuvimos y miramos su precioso cuerpo fijamente—. Quiero vuestras grandes pollas.

Nos apresuramos entonces, quedamos desnudos en cuestión de segundos.

Kit se acercó, sujetó nuestros miembros con sus pequeñas manos y comenzó a acariciarlos.

—Oh, joder —dijo Donovan, cogiéndole la muñeca y haciendo que lo soltara—. Estoy demasiado excitado y quiero mi semen dentro ti, no sobre ti.

Nos miró a los dos a través de esas pestañas oscuras.

Gemí cuando me soltó a mí también —no antes de que me diera una caricia larga y perfecta con su firme agarre— y se movió en la cama. Mierda, se arrastró de manos y rodillas para que pudiéramos ver el balanceo de sus tetas perfectas, luego su trasero levantado y su vulva mojada.

Tomé su cadera antes de que pudiera ir muy lejos, me incliné hacia adelante y la lamí. Extrañaba su sabor, esa miel dulce.

—¡Nix! —gritó y me deleité en ese sonido que escucharía por el resto de mi vida.

KIT

Oh. Dios. Mío. La boca de Nix en mi vagina era increíble; su lengua era mágica. Había estado mojada por ellos desde que dijeron la palabra *amor* en el depósito. ¡Joder, si había estado mojada por ellos durante años! Pero ahora nada se interponía en nuestro camino de estar juntos.

El asesino estaba entre rejas. Donovan había renunciado por mí. A Nix probablemente lo descendieron. Estaban firmes en cuanto al cambio. Y lo habían hecho antes de que el tío confesara, lo que significa que no lo habían hecho por el caso, sino porque se habían comprometido. Por mí.

Mientras Nix continuaba comiéndome, Donovan se tumbó en la cama, con su cabeza en las almohadas. Mi boca estaba justo al lado de su polla, completamente erecta y firme. Giré la cabeza, traté de tomarlo en mi boca. Quería sentir la dureza sedosa de él contra mi lengua, que el estallido de líquido preseminal cubriera mi lengua. Para excitarlo tanto que perdiera la cabeza.

—Nix, súbela aquí —gruñó Donovan, apartando mi barbilla de mi objetivo—. Si me pone esa boca caliente encima, todo habrá terminado antes de que la reclamemos juntos.

¿Qué? ¿Juntos?

Mi vagina se apretó ante la idea y Nix gruñó. Me dio un azote en el trasero, no muy fuerte, sino para que me moviera.

—Súbete a la polla de Donovan. Móntalo mientras me lleno de lubricante para tomar ese culo.

Me subí al cuerpo de Donovan mientras Nix iba al baño; regresó con una botella de lubricante de plástico con tapa.

Era todo piel oscura, músculos fuertes y polla dura. Cuando me vio mirándolo fijamente, sonrió.

—¿Lista para que me meta dentro de tu culo?

Volví a mirar su polla. Larga. Gruesa. Esa cabeza era mucho más ancha que el tapón que usaron la otra noche. ¿Me cabría?

—Kitty Kat, estarás caliente y lista para él. —Donovan volvió mi atención hacia él—. Súbete y moja todo mi polla.

Estaba nerviosa por las intenciones de Nix, pero confiaba en ellas. Me acordé de cómo se sintió cuando usó su dedo allí. Me corrí tan fuerte y tan rápido... Pero no se parecía en nada al tamaño de su mástil.

—Vamos, Kitty Kat —dijo Donovan, enganchando mi cadera y tirando de mí hacia él. Me senté a horcajadas sobre sus caderas, así que quedó en mi entrada. Se introdujo un centímetro más o menos, abriéndome por completo. Miré hacia abajo, vi su mandíbula apretada, sus ojos brillantes de calor.

Me mordí el labio y me bajé; lo tomé hasta lo más profundo, hasta que estuve sentada en su regazo.

—Buena chica. Fóllame.

Lo monté entonces, con las manos en su pecho, moviéndome y sintiéndome extremadamente bien.

—Eso es. Estás justo donde te quiero, justo donde perteneces.

Nix se acercó a la cama, dejando caer el frasco de lubricante junto a mi tobillo y al alcance de su mano.

—Entre nosotros —continuó Donovan.

Tenía razón. Aquí era donde pertenecía.

—Te amo —susurré—. A los dos.

Una sonrisa se extendió por su rostro y me bajó para besarme. Me apreté sobre él y gimió cuando su lengua encontró la mía.

Jadeé cuando el dedo de Nix rozó mi entrada.

—Es hora, Kit, de hacerte nuestra.

No pude asentir, sino relajarme, tumbada sobre el pecho de Donovan y dejando que el dedo de Nix se deslizara dentro de mí. Lo había llenado de lubricante para prepararme.

Levantando la cabeza, jadeé.

—Tan llena —gemí y miré por encima de mi hombro.

La mirada de Nix estaba en mi trasero, probablemente mirando cómo su dedo desaparecía dentro de mí. También pudo ver cómo el miembro de Donovan me llenaba, me abría.

—Todavía no, Kit, pero lo estarás —prometió Nix.

Me folló el culo con ese dedo lentamente, agregando lubricante y luego un segundo dedo para prepararme. Donovan me levantó y me bajó unos centímetros, así que se frotó sobre cada lugar delicioso dentro de mí.

Finalmente, Nix preguntó:

—¿Estás lista?

Asentí.

—Buena chica —contestó.

—Bésame un poco más, Kitty Kat —dijo Donovan—. En un minuto nos pertenecerás a los dos. Nada nos separará de nuevo.

———

DONOVAN

Kit estaba tan jodidamente apretada. Las paredes de su vagina se apretaron y me ordeñaron la polla. Había estado a punto de correrme antes de entrar en ella, pero ahora prácticamente pensaba en las estadísticas del béisbol para no descargarme demasiado pronto.

Nix le había levantado la cadera, así que su trasero quedó inclinado justo para que él se metiera en su culo. Mientras besaba a Kit, pude sentirlo presionar contra ella, y luego meterle la cabeza de su polla dentro. Sentí cada centímetro, pues solo una membrana delgada nos separaba. Kit se puso rígida en mis brazos; sus labios se detuvieron sobre los míos mientras gemía.

—Estoy adentro. Joder, Kit, estás tan apretada.

Lo estaba, como un puño. Caliente. Mojada. Perfecta. Y sentirla, toda curvas suaves y exuberantes. Senos gordos presionados contra mi pecho. El aroma de su excitación y el almizcle de estar follando llenaban el aire a nuestro alrededor. Intenté no moverme, para darle tiempo a Nix a que metiera la polla en su culo ya nada virgen.

Siguió derramando más lubricante sobre ella, un poco de líquido se deslizó hacia abajo para llegar a la base de mi polla y se lo metí. Estaba goteando.

—Estoy tan llena —gimió, sus ojos oscuros encontrándose con los míos. Sus labios rojos e hinchados, sus mejillas sonrojadas.

—Lo lograste, Kitty Kat. Tienes a tus dos hombres dentro de ti. Tú nos haces uno. Completos. Una familia.

Asintió con su cabello sudoroso cayendo alrededor de su rostro.

—¿Quieres correrte?

—¡Sí! —suplicó.

Mis manos se deslizaron de sus caderas a su trasero, para tomar esos cachetes perfectos y abrirlos para Nix. Cuando Nix casi salía, yo empujaba profundo, luego en la dirección opuesta de manera que alternábamos nuestros movimientos de entrada y salida.

Kit gimió, suplicó y lloriqueó mientras la tomábamos, lenta y cuidadosamente. Era demasiado para mí. Apreté los dientes para no correrme, pero *ella* era demasiado.

Habíamos esperado durante mucho tiempo. Amarla fue mejor de lo que jamás imaginé.

Me corrí con un grito, vaciándome en lo más profundo de su coño. Mi mente estaba perdida, pero sus súplicas por *cualquier cosa* hizo que me metiera en medio, rozando su clítoris con mi pulgar.

Solo un roce y se corrió. Pude sentirla ordeñando mi polla, mi semen derramándose hacia fuera mientras lo hacía. Sabía que Nix también podía sentirlo, que tenía poderes de superhéroe si podía evitar correrse cuando sus paredes internas nos estimulaban. No pudo. Era un simple mortal al tratarse de Kit, y acabó con una embestida profunda. Lo sentí palpitante, llenándola. Kit dejó caer su cabeza sobre mi pecho, con su respiración entrecortada. Y su piel sudorosa pegada a la mía. Nix sonaba como si hubiera corrido una maratón al retirarse cuidadosamente. Kit jadeó y le acaricié la espalda húmeda de arriba abajo. Mi polla, que se ablandó un poco, todavía permanecía dentro de ella. Era un buen lugar para estar, porque tan pronto como recuperara el aliento, la follaría otra vez. No había terminado con ella. Nunca lo haría.

—Kitty Kat —dije. Levantó la cabeza y sus ojos se encontraron con los míos—. Para siempre.

Me miró a mí, luego a Nix, que acababa de regresar del baño con un paño húmedo.

—Para siempre.

—Joder, ¡sí! —añadió Nix, haciéndola reír.

El sonido más dulce del mundo.

EPÍLOGO

 IT

Los últimos dos días habían sido increíbles. Donovan y Nix me habían dejado salir de la cama... apenas. Llegué a tiempo a mis turnos en el restaurante... apenas. Me había reunido con Wendy y su hermana para la planificación inicial de la fiesta de compromiso. Nix había presentado los papeles para abrir su propio negocio.

Nos habíamos quedado en la casa de Nix, pero él insistía en comprar una casa más grande. Aunque habían transcurrido dos días. Solo dos días. Dos días increíbles. Todavía tenía pesadillas, pero ellos estaban ahí para despertarme, tranquilizarme, abrazarme hasta que me volviera a dormir.

Nix había dicho que buscaría comida china para la cena, así que Donovan y yo nos quedamos en la cocina, preparando los platos, buscando cubiertos y bebidas. También nos habíamos estado besando. Mucho. Cuando

Nix entró por la puerta principal, yo estaba sobre el mostrador con Donovan entre mis rodillas separadas. Sus manos, debajo de mi camisa cubriendo mis senos.

—Tengo hambre de Kitty Kat ahora mismo. La comida china para después —le dijo Donovan a Nix mientras me sonreía.

No iba a detenerlo. Eran creativos, gentiles y también amantes muy dominantes. Y no habíamos tenido sexo en la cocina. Todavía.

Cuando Nix no ofreció una respuesta ingeniosa sobre cómo quitarme mis bragas, ambos lo miramos.

—¿Qué pasa? —preguntó Donovan.

Nix parecía enfadado. Tenía el cabello revuelto, la mandíbula apretada, los hombros tensos. Tenía su pistola en la cadera justo al lado de su placa.

—Seaborn mintió.

Las manos de Donovan se apartaron de debajo de mi camisa y dio un paso atrás.

—¿De qué demonios estás hablando? —preguntó Donovan.

El arresto se había publicado en todos los medios de comunicación locales. La televisión, la radio, en internet, en el periódico. La gente estaba aliviadas al saber que el asesino había sido encontrado, que había sido un crimen pasional y no aleatorio.

—Instalaron una de esas cámaras de luz roja en la Main Street, junto a la biblioteca —dijo.

Donovan asintió.

—Lo recuerdo. Papá sostuvo que era una forma de conseguir que cruzar la calle fuera más seguro.

—Las fotos y los boletos se emiten una vez a la semana. El técnico los revisó hoy. Adivina quién está ahí.

—¿Seaborn? —pregunté.

Nix negó con la cabeza mientras se dirigía al refrigerador para sacar una cerveza.

—Erin Mills.

—¿Cuándo?

Destapó la cerveza y se tomó un tercio de la botella en un solo trago.

—La noche que fue asesinada. Miranski dijo que la foto fue sacada a las doce y treinta de la mañana.

Yo había llegado a casa alrededor de las once y treinta y estaba dormida en ese momento.

—Si Erin estaba en su coche entonces, significa que no estaba en la casa.

—Seaborn dijo que la mató a la medianoche.

—A la mierda —murmuró Donovan.

—Espera. —Levanté la mano—. Si Seaborn dijo que él la mató a la medianoche, pero la cámara del tráfico la capturó viva y en el centro casi quince minutos más tarde, eso significa...

—Está mintiendo. Él no lo hizo.

Se me cayó el estómago ante lo que estaba diciendo.

—¿Entonces quién mató a Erin?

Nix se encogió de hombros, colocó su cerveza en el mostrador.

—El asesino todavía está allá afuera.

CONTENIDO EXTRA

¿Adivina qué? Tengo contenido extra para ti. Así que regístrate en mi lista de correo electrónico. Habrá contenido extra especial, solo para mis suscriptores. Registrarte te permitirá saber sobre mi próxima publicación tan pronto como esté disponible (y recibes un libro gratis… ¡uau!)

Como siempre… ¡gracias por amar mis libros y las montadas salvajes!

http://vanessavaleauthor.com/lista/

¡RECIBE UN LIBRO GRATIS!

Únete a mi lista de correo electrónico para ser el primero en saber de las nuevas publicaciones, libros gratis, precios especiales y otros premios de la autora.

http://vanessavaleauthor.com/v/ed

TODOS LOS LIBROS DE VANESSA VALE EN ESPAÑOL

https://vanessavaleauthor.com/book-categories/espanol/

ACERCA DE LA AUTORA

Vanessa Vale es una de las autoras más vendidas de USA Today. Sus novelas románticas y sexys incluyen sus populares series de romances históricos en Bridgewater y novedosos romances contemporáneos. Con más de un millón de libros vendidos, Vanessa escribe sobre chicos malos sin reparo alguno, que no solo se enamoran, sino que se enamoran perdidamente. Sus libros están disponibles en todo el mundo en varios idiomas, en libros electrónicos, impresos, de audio e incluso como un juego en línea. Cuando Vanessa no está escribiendo, saborea la locura de criar a dos niños y descubre cuántas comidas puede preparar con una olla a presión. Si bien no es tan hábil en las redes sociales como sus hijos, le encanta interactuar con los lectores.

https://vanessavaleauthor.com

facebook.com/vanessavaleauthor
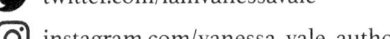twitter.com/iamvanessavale
instagram.com/vanessa_vale_author
bookbub.com/profile/vanessa-vale

www.ingramcontent.com/pod-product-compliance
Lightning Source LLC
LaVergne TN
LVHW011835060526
838200LV00053B/4041